HEYNE
BÜCHER

W0190332

Von der gleichen Autorin erschienen außerdem
als Heyne-Taschenbücher

Des Lebens ganze Fülle · Band 01/861
Tod im Schloß · Band 01/5063
Peony · Band 01/5082
Gebiete dem Morgen · Band 01/5112
Die Töchter der Madame Liang · Band 01/5139
Die beiden Schwestern · Band 01/5175
Söhne · Band 01/5239
Das geteilte Haus · Band 01/5269
Mandala · Band 01/5303
Stolzes Herz · Band 01/5327
Der Regenbogen · Band 01/5462
Ostwind – Westwind · Band 01/5917
Die erste Frau · Band 01/5959
Die Mutter · Band 01/5994
Die Frau des Missionars · Band 01/6043
Das Haus der Erde · Band 01/6206
Geliebtes, unglückliches Kind · Band 01/6239
Von Morgen bis Mitternacht · Band 01/6298

PEARL S. BUCK

DIE
SPRINGENDE FLUT

Roman

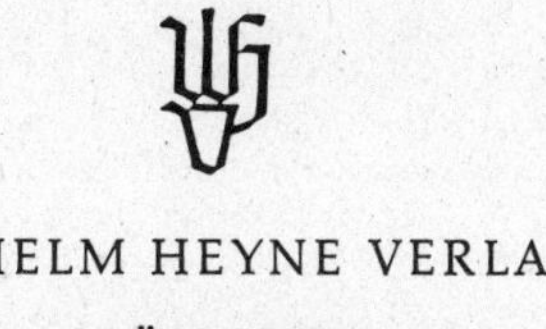

WILHELM HEYNE VERLAG

MÜNCHEN

HEYNE-BUCH Nr. 6147
im Wilhelm Heyne Verlag, München

Titel der englischen Originalausgaben
THE BIG WAVE und ONE BRIGHT DAY
Deutsche Übersetzung von Luise Wasserthal-Zuccari

3. Auflage

Genehmigte, ungekürzte Taschenbuchausgabe
Copyright © der deutschen Übersetzung 1962 Paul Zsolnay Verlag
Gesellschaft m.b.H., Wien/Hamburg
Printed in Germany 1984
Umschlagfoto: ZEFA/Orion Press, Düsseldorf
Umschlaggestaltung: Atelier Heinrichs & Schütz, München
Satz: IBV Lichtsatz KG, Berlin
Gesamtherstellung: Elsnerdruck GmbH, Berlin

ISBN 3-453-01662-9

INHALT

DIE
SPRINGENDE
FLUT

Kino lebte auf einem Bauernhof. Das Anwesen lag in Japan auf dem Abhang eines Berges. Die Felder waren in Terrassen angelegt und durch Steinmauern geteilt, deren jede wie eine breite Stufe des Berges aussah. Vor Jahrhunderten hatten Kinos Vorfahren die Steinmauern errichtet, die die Felder stützten.

Oberhalb der Felder stand das Bauernhaus, in dem Kino daheim war. Manchmal kam ihn das Emporklettern hart an, besonders wenn er auf dem untersten Feld gearbeitet hatte und abendessen wollte. Aber wenn er abends und morgens seine Mahlzeit gehalten hatte, war er froh, so hoch oben zu wohnen, weil er auf das große blaue Meer am Fuße des Berges hinabblicken konnte.

Der Berg erhob sich so steil aus dem Meer, daß an seinem Fuße nur ein Streifen sandigen Strandes lag. Auf diesem Streifen stand das Fischerdorf, in dem Kinos Vater sein Gemüse und seinen Reis feilbot und Fische kaufte. Kino konnte durch das Fenster seines Zimmers die wenigen Strohdächer des Dorfes erblicken, die sich in zwei unregelmäßigen Linien die holprige Straße entlangzogen. Die Häuser waren einander zugewandt, und die, die am Meer standen, hatten keine Fenster dorthinaus. Sooft sich Kino am Anblick der Wellen erfreute, wunderte er sich, warum die Dorfleute das nicht täten, aber er erfuhr dies erst, als er Jiya kennenlernte, dessen Vater Fischer war.

Jiya wohnte im letzten Haus der am Ozean gelegenen Reihe, und auch sein Haus besaß kein Fenster auf das Meer hinaus.

»Warum?« fragte Kino ihn. »Das Meer ist doch so schön!«

»Das Meer ist unser Feind«, antwortete Jiya.

»Wie kannst du so etwas sagen?« fragte Kino. »Dein Vater fängt Fische im Meer und verkauft sie, und davon lebt ihr.«

Jiya schüttelte nur seinen Kopf. »Das Meer ist unser Feind«, wiederholte er. »Wir alle wissen das.«

Das war wirklich kaum zu glauben. Wenn Kino an heißen, sonnigen Tagen seine Arbeit verrichtet hatte, lief er den Pfad, der sich durch die Terrassen schlängelte, zu Jiya hinunter an den Strand. Sie warfen ihre Kleider ab, sprangen in das klare Wasser und schwammen weit hinaus zu einer kleinen Insel, die sie als ihr Eigentum betrachteten. In Wirklichkeit gehörte sie einem alten Herrn, den sie noch nie, außer von der Ferne, gesehen hatten. Manchmal trat er am Abend vor das Tor seines Schlosses und hielt stehend Ausschau auf das Meer. Dann konnten sie sehen, wie er sich auf seinen Stock stützte und wie sein weißer Bart im Winde wehte. Er wohnte in seinem Schloß hinter einem Zaun aus geflochtenem Bambusrohr, auf einer Bergkuppe außerhalb des Dorfes. Weder Kino noch Jiya waren je innerhalb des Tores gewesen, sie hatten nur manchmal, wenn es offenstand, in den Garten geblickt. Dieser war schöner als alles, was sie sich vorstellen konnten. Statt eines Rasens war der Boden mit dichtem grünem Moos bedeckt, von Kiefern und Bambus beschattet, und täglich kehrten die Gärtner das Moos mit Bambusbesen, bis es wie ein Samtteppich aussah. Sie sahen den Alten Herrn in einem silbergrauen Gewand unter fernen Bäumen wandeln; er hatte die Hände auf dem Rücken gefaltet und hielt sein weißes Haupt gesenkt. Er hatte ein freundliches, runzliges Gesicht, aber er sah sie nie.

»Ob wir wohl recht daran tun, diese Insel zu betreten, ohne ihn zu fragen?« fragte Kino heute, als sie die weiche Sandküste erreicht hatten.

»Er betritt sie selber nie«, erwiderte Jiya. »Nur die heiligen Hirsche leben hier.«

Die Insel war voll von heiligen Hirschen. Sie waren nicht scheu, denn niemand tat ihnen etwas zuleide. Wenn sie die beiden Knaben erblickten, kamen sie auf sie zu und schnüffelten in ihren Händen nach Futter. Manchmal band Kino eine kleine Zinndose mit Kuchen um seinen Leib und brachte diese den Hirschen als Futter mit. Aber er hatte selten Geld, und so langte er nun hoch hinauf und brach die zarten Schößlinge der Binsen für sie ab. Die Hirsche mochten diese überaus gern und sie schmiegten ihre sanften Köpfe voll Dankbarkeit an seinen Arm.

Kino hätte gern einmal eine Nacht auf der Insel geschlafen, aber Jiya wollte davon nichts wissen. Selbst wenn sie nur den Nachmittag dort verbrachten, hielt er oft Ausschau auf das Meer.

»Was suchst du?« fragte Kino.

»Ich schaue nur, ob der Ozean nicht böse ist«, erwiderte Jiya.

Kino lachte. »Dummkopf!« sagte er. »Der Ozean kann gar nicht böse sein!«

»O ja«, beteuerte Jiya. »Manchmal beginnt der alte Gott des Ozeans sich in seinem Bett zu wälzen und sein Haupt und seine Schultern zu heben, und die Wellen rollen hin und her. Dann steht er auf und brüllt und die Erde erbebt unter dem Wasser. Dann möchte ich nicht auf der Insel sein.«

»Aber warum sollte er auf uns böse sein?«
fragte Kino. »Wir sind doch nur zwei Kinder,
und wir tun ihm doch nie etwas.«

»Niemand weiß, warum der Ozean böse
wird«, sagte Jiya ängstlich.

Aber an diesem Tag war der Ozean sicher
nicht böse. Die Sonne funkelte tief ins klare Wasser hinab, und die Knaben schwammen über die
silbrige Oberfläche der gekräuselten Wellen.
Darunter erstreckte sich das Wasser meilentief.
Niemand wußte, wie tief es war, denn wie lang
auch die mit Eisen beschwerten Taue sein mochten, die die Fischer hinabließen, sie fanden doch
nie einen Grund. Das Wasser war tief, und das
Land schwang sich sanft zu diesem bodenlosen
Meeresbett hinab. Wenn Kino tauchte, kam er
immer tiefer – tiefer – tiefer, bis er auf eisig stilles
Wasser traf. Als er heute die Kälte seinen Körper
umklammern fühlte, verstand er, warum Jiya
sich fürchtete, und er schnellte zu den Wellen
und zur Sonne empor.

Am Strand warf er sich nieder und war wieder
froh, und er und Jiya suchten nach blauen und
smaragdgrünen, roten und goldenen Kieselsteinen. Sie hatten kleine Körbe mitgebracht, die
wie Taschen geflochten waren und die sie mit
Stricken um ihren Leib gebunden hatten; diese
füllten sie mit den Kieseln. Jiyas Mutter legte ei-

nen Kiesweg in ihrem Felsgarten an, und nirgends gab es so schöne Steine wie auf der Insel der heiligen Hirsche.

Wenn sie des Strandes überdrüssig waren, gingen sie in den dahinter gelegenen Kiefernwald und hielten nach Höhlen Ausschau. Da gab es eine Höhle, die sie immer wieder aufsuchten. Sie wagten nicht, tief in sie einzutreten, denn sie erstreckte sich abwärts bis unter das Meer. Sie wußten das, und am anderen Ende konnten sie sehen, wie der Ozean sie wie ein großes Becken füllte und wie Flut und Ebbe stiegen und fielen. Oft phosphoreszierte das Wasser und glimmte, wie wenn Lampen tief unter seiner Oberfläche angezündet wären. Einmal lag ein glänzender toter Fisch auf dem felsigen Ufer. In der dunklen Höhle glitzerte er auf ihren Händen, aber als sie mit ihm in den Sonnenschein hinausliefen, verschwanden seine Farben und er wurde grau. Als sie mit ihm in die Höhle zurückgingen, schimmerte er wieder.

Aber so angenehm auch ihre Zeit auf der Insel verstrich, Jiya blickte oft auf die Sonne. Nun lief er an den Strand und sah sie im Westen untergehen und rief Kino.

»Komm schnell – wir müssen nach Hause schwimmen.«

Sie sprangen mitsammen in das vom Sonnenuntergang rötlich gefärbte Meer. Das Wasser war warm und mild und trug sie gut, und sie schwammen Seite an Seite über den breiten Arm. Jiyas Vater erwartete sie am Ufer. Sie sahen ihn stehen, mit den Händen seine Augen gegen den leuchtenden Himmel abschattend, und nach ihnen Ausschau halten. Als ihre beiden schwarzen Köpfe aus dem Wasser auftauchten, rief er sie an und watete ihnen entgegen. Er reichte jedem von ihnen eine Hand und zog sie aus der weißen Brandung empor.

»Ihr wart noch nie so spät dran, Jiya«, rief er ängstlich.

»Wir waren in der Höhle«, sagte Jiya.

Aber sein Vater hielt ihn an den Schultern fest. »Kommt nie wieder so spät«, sagte er, und Kino blickte ihn voll Verwunderung an und sah, daß selbst dieser starke Fischer vor den Schrekken des Meeres Furcht hatte.

Er sagte ihm gute Nacht und kletterte den Hügel zu seinem Haus empor und traf seine Mutter gerade dabei an, wie sie das Abendessen auftrug. Das Mahl duftete köstlich – wohlriechender heißer Reis, Hühnersuppe, braun gebackener Fisch.

Niemand sorgte sich um Kino. Sein Vater wusch sich gerade, indem er sich mit der Schöpfkelle Wasser über sein Gesicht und seinen Kopf goß, und seine kleine Schwester Setsu holte die Eßstäbchen.

Nach ein paar Minuten saßen sie alle auf der sauberen Matte rund um den niederen viereckigen Tisch, und die Eltern füllten die Schalen der Kinder. Niemand redete, denn es schickt sich nicht zu reden, solange nicht das Mahl aufgetragen ist und jedermann etwas zu essen bekommen hat.

Aber als das Abendessen beendet war und Kinos Vater ein wenig heißen Wein aus einem ganz kleinen Becher getrunken und seine Mutter die schwarz gelackten hölzernen Reisschalen eingesammelt hatte, wandte sich Kino an seinen Vater.

»Vater, warum fürchtet sich Jiya vor dem Meer?« fragte er.

»Das Meer ist sehr groß«, erwiderte sein Vater. »Niemand kennt seinen Anfang und sein Ende.«

»Jiyas Vater fürchtet sich auch«, sagte Kino.

»Wir kennen das Meer nicht«, sagte sein Vater.

»Ich bin froh, daß wir auf dem Land leben«, fuhr Kino fort. »Auf unserem Hof gibt es nichts zu fürchten.«

»Aber man kann sich auch vor dem Land fürchten«, erwiderte sein Vater. »Kannst du dich an den großen Vulkan erinnern, den wir letzten Herbst besuchten?«

Kino erinnerte sich. Jedes Jahr ging die Familie, nachdem die Ernte eingebracht war, auf Ferien. Sie machten Fußmärsche, sogar Klein-Setsu. Sie trugen Pakete mit Essen und Bettzeug auf ihren Rücken und lange Stöcke in den Händen, die ihnen beim Ersteigen der Abhänge helfen sollten, und so wanderten sie, all ihr Tagwerk vergessend, zu irgendeinem bekannten Ort. Zu Hause nahm sich ein freundlicher Nachbar ihrer Hühner an und sah nach dem Rechten. Im vergangenen Herbst hatten sie einen zwanzig Meilen entfernten Vulkan besucht. Kino hatte ihn noch nie gesehen, aber oft von ihm gehört, und manchmal konnte er an einem klaren Tag fern am Horizont eine graue, fächerförmige Wolke sehen, wenn er eine Anhöhe hinter dem Haus erstieg. Das war der Rauch des Vulkans, wie sein Vater ihm sagte. Manchmal erbebte die Erde sogar unter dem Haus. Auch das kam vom Vulkan.

Ja, er konnte sich an den großen gähnenden Mund des Vulkans erinnern. Er hatte hinuntergeblickt, und er hatte ihm gar nicht gefallen. Große gelbe und schwarze Rauchringel wirbelten darin herum, und ein weißer Strom von geschmolzenem Gestein kroch langsam aus einem

Winkel hervor. Er hatte weglaufen wollen, und sogar jetzt noch manchmal war er des Nachts, wenn er in seine warme, weiche baumwollene Steppdecke eingehüllt in seinem Bett auf der Fußmatte lag, froh, daß der Vulkan so weit weg war und daß mindestens drei Berge dazwischen lagen.

Nun blickte er seinen Vater über den niederen Tisch hinweg an. »Müssen wir uns immer vor etwas fürchten?« fragte er.

Sein Vater erwiderte seinen Blick. Er war ein kräftiger, sehniger, magerer Mann und die Muskeln seiner Arme und Beine waren durch die harte Arbeit hervorgetreten. Seine Hände waren rauh, aber er hielt sie rein, und er ging stets barfuß oder in Strohsandalen. Wenn er das Haus betrat, legte er selbst diese ab. Niemand trug Schuhe im Haus. Darum blieb der Fußboden so sauber.

»Wir müssen es lernen, in Gefahren zu leben«, sagte er nun zu Kino.

»Meinst du damit, daß das Meer und der Vulkan uns nichts anhaben können, wenn wir uns nicht fürchten?« fragte Kino.

»Nein«, antwortete sein Vater. »Das meinte ich nicht. Das Meer ist da und der Vulkan ist da. Es ist schon wahr, daß jeden Tag sich das Meer im Sturm erheben und der Vulkan in Feuer ausbrechen kann. Wir müssen diesen Tatsachen ins Auge sehen, aber ohne Furcht. Wir müssen uns sagen: ›Eines Tages werde ich sterben, und was macht es aus, ob dies durch das Meer oder durch den Vulkan geschieht, oder ob ich alt und schwach werde?‹«

»Ich mag nicht an solche Dinge denken«, sagte Kino.

»Du sollst auch nicht an sie denken«, sagte sein Vater. »Nur fürchte dich nicht. Wenn du dich fürchtest, denkst du die ganze Zeit daran. Sich des Lebens freuen und den Tod nicht fürchten – das ist gut japanische Art.«

Und es gab viel, sich des Lebens zu freuen. Kino genoß es jeden Tag. Winters ging er zur Schule ins Fischerdorf, und er und Jiya saßen auf derselben Bank. Sie lernten Lesen und Rechnen und alle anderen Dinge, die die Kinder sonst in der Schule lernten. Aber im Sommer mußte Kino harte Landarbeit verrichten, denn sein Vater brauchte Hilfe. Sogar Setsu und die Mutter halfen mit, wenn es galt, die Reisschößlinge in die bewässerten Felder zu pflanzen; und sie halfen auch, wenn das Korn reif war und geschnitten, in Garben gebunden und gedroschen werden mußte. An solchen Tagen konnte Kino nicht den Berghang hinablaufen, um Jiya zu treffen. Wenn der Tag vorüber war, war er so müde,

daß er schon während des Abendessens ein-
schlief.

Aber es gab Tage, an denen auch Jiya zu beschäftigt war, um zu spielen. Die Fischer weiter
oben an der Küste schickten Botschaft, daß ein
Fischzug die Meeresarme passiere, und jedes
Boot beeilte sich, die großen und kleinen Buch-
ten zu verlassen und in die Meeresströmung zu
segeln. Frühmorgens, manchmal noch beim
Schein des untergehenden Mondes, fuhren Jiya
und sein Vater in das silberne Meer hinaus, um
beim Morgengrauen ihre Netze auszuwerfen.
Wenn sie Glück hatten, kamen die Netze so voll
mit Fischen herauf, daß es all ihre Kraft erfor-
derte, sie einzuziehen, und bald schimmerte
und glitzerte das Boot von den um sich schla-
genden Fischen.

Manchmal, wenn es nicht Saat- oder Erntezeit
war, zog Kino mit Jiya und dessen Vater aus. Es
war aufregend, mitten in der Nacht aufzustehen
und die warm gefütterte Jacke anzulegen, die
um den Leib gebunden wurde. Sogar im Sommer war der Wind am Meer kühl beim Morgen-
dämmer. Wie früh er auch aufstand, seine Mutter war immer schon auf und gab ihm eine
Schale heiße Reissuppe, Bohnenquark und heißen Tee, bevor er aufbrach. Dann verpackte sie
sein Mittagessen in eine saubere kleine Holz-

schachtel: kalten Reis und Fisch und ein wenig eingelegten Rettich.

Kino lief geradewegs die Steinstufen des Bergpfads zum kleinen Anlegeplatz hinab, wo die Fischerboote in der Flut auf und ab schaukelten. Jiya und sein Vater waren schon da, und nach einigen Minuten bahnte sich das Boot seinen Weg zwischen den Felsen in die offene See hinaus. Der Wind fülllte die inzwischen beigesetzten Segel, und sie schossen pfeilschnell in den Morgenhimmel hinein. Kino kauerte sich auf den Boden hinter dem Bug, und sein Herz schlug vor freudiger Erregung. Sie ließen das Ufer weit hinter sich zurück, und das Boot glitt auf dem hoch sich wölbenden Ozean dahin. Bald kamen sie zu einer ganzen Fischerbootflotte, und dann verfolgten sie die Fischzüge. Es war, als ob sie ein Schwarm Vögel wären, die in den Himmel flögen. Wie aufregend war es auch, die Fische heraufzuziehen! In solchen Augenblicken kam es Kino vor, daß Jiya besser daran sei als er. Fische fangen war viel leichter als Reis ernten.

»Ich wollte, mein Vater wäre ein Fischer«, sagte er dann wohl zu Jiya. »Wie dumm ist es, zu pflügen, zu pflanzen und Garben zu binden, wenn ich einfach dahergehen und die Fische aus dem Meer einsammeln kann!«

Jiya schüttelte den Kopf. »Aber wenn ein

Sturm kommt, wünschst du dich ans Land zurück«, sagte er. Dann lachte er. »Wie würde auch Fisch ohne Reis munden? Stell dir vor, du müßtest nur Fisch essen!«

»Bauern und Fischer, beide sind notwendig«, sagte Jiyas Vater.

An Tagen, da der Himmel klar und die Winde sanft waren, lag der Ozean so ruhig und blau da, daß es schwerfiel, sich vorzustellen, daß er grausam und böse sein konnte. Und doch vergaß selbst Kino nicht, daß das Wasser unter der warmen Oberfläche kalt und grün war. Wenn die Sonne schien, war das Wasser ruhig. Aber wenn das Wasser sich in der Tiefe bewegte, sich erhob und emporwirbelte, ach, dann war Kino froh, daß sein Vater ein Bauer und kein Fischer war.

Und doch war es eines Tages die Erde, die die große Woge brachte. Tief unter dem tiefsten Teil des Ozeans, unter den stillen grünen Wassern, wütete Feuer im Herzen der Erde. Die Eiseskälte des Wassers konnte dieses Feuer nicht abkühlen. Felsgestein brodelte und schmolz unter der Kruste des Meeresbettes, unter der Last des Wassers, aber es konnte nicht durchbrechen. Endlich wurde der Strom so stark, daß er sich durch den Mund des Vulkans Bahn schuf. An diesem Tage sah Kino, als er seinem Vater Rüben einsetzen half, daß der Himmel bis zur Hälfte des Zenits bewölkt war.

»Sieh, Vater!« rief er. »Der Vulkan brennt wieder!«

Sein Vater hielt inne und betrachtete sorgenvoll den Himmel. »Das sieht sehr bös aus«, sagte er. »Heute nacht werde ich nicht schlafen.«

Kinos Vater wachte die ganze Nacht, während die anderen schliefen. Als es dunkel wurde, war der Himmel rot erleuchtet und die Erde erbebte unter den Bauernhöfen. Drunten im Fischerdorf zeigten Lichter in den kleinen Häusern an, daß auch andere Väter wachten; Generationen hindurch hatten so Väter Himmel und Erde beobachtet.

Der Morgen kam, eine seltsame feurige Dämmerung. Der Himmel war rot und grau, und selbst hier auf die Anwesen fiel Glut und Asche. Als Kino barfuß die Erde betrat, hatte er die sonderbare Empfindung, daß sie unter seinen Füßen heiß war. Im Hause hatte die Mutter alles von den Wänden heruntergenommen, was fallen oder zerbrechen konnte, und ihre wenigen guten Schüsseln hatte sie zwischen Stroh gepackt und außer Haus gebracht.

»Werden wir ein Erdbeben bekommen, Vater?« fragte Kino beim Frühstück.

»Ich kann's nicht sagen, mein Sohn«, erwiderte sein Vater. »Erde und Meer kämpfen miteinander gegen das Feuer im Innern der Erde.«

Kein Fischerboot setzte an diesem heißen Sommertag Segel. Kein Wind regte sich. Die See lag wie tot und so ruhig da, als ob Öl auf die Wasser geschüttet worden wäre. Sie war von einem sanften und wunderbaren purpurnen Grau, aber Kino fühlte sich bei ihrem Anblick von Furcht ergriffen.

»Warum hat das Meer solch eine Farbe?« fragte er.

»Das Meer spiegelt den Himmel wider«, antwortete sein Vater. »Meer, Erde und Himmel – wenn *die* sich gegen den Menschen zusammentun, dann wird es wirklich für uns gefährlich werden.«

»Wo sind die Götter in solchen Zeiten?« fragte Kino. »Werden sie sich nicht unser annehmen?«

»Es gibt Zeiten, da die Götter es den Menschen überlassen, auf sich selbst zu achten«, antwortete sein Vater. »Sie prüfen uns, um zu sehen, ob wir fähig sind, uns selbst zu helfen.«

»Und wenn wir dessen nicht fähig sind?« fragte Kino.

»Wir müssen es sein«, erwiderte sein Vater. »Furcht allein macht die Menschen schwach. Wenn man sich fürchtet, zittern die Hände, die Füße geben nach, und das Hirn kann den Händen und Füßen nicht sagen, was sie tun sollen.«

Niemand rührte sich an diesem Tag vom Haus weg. Kinos Vater saß bei der Tür, beobachtete den Himmel und die ölige See, und Kino blieb in seiner Nähe. Er wußte nicht, was Jiya tat, aber er nahm an, daß auch Jiya bei seinem Vater bliebe. So verstrichen die Stunden bis Mittag.

Um die Mittagszeit wies sein Vater den Berghang hinunter. »Schau auf das Schloß des Alten Herrn«, sagte er.

Mitten am Berghang, auf der Kuppe, wo das Schloß stand, sah Kino nun eine rote Fahne langsam an die Spitze eines hohen Mastes emporsteigen und dann reglos vor dem grauen Himmel herunterhängen.

»Der Alte Herr mahnt alle, bereit zu sein«, fuhr Kinos Vater fort. »Zweimal habe ich die Fahne hochgehen sehen, beide Male, bevor du geboren wurdest.«

»Wofür bereit zu sein?« fragte Kino mit erschreckter Stimme.

»Wofür immer«, erwiderte Kinos Vater.

Um zwei Uhr begann der Himmel schwarz zu werden. Die Luft war so heiß wie bei einem Waldbrand, aber es zeigte sich nirgends ein solches Feuer. Die Glut des Vulkans leuchtete blutrot gegen die Schwärze über dem Bergesgipfel.

Ein tiefer Glockenschlag erklang über den Höhen.

»Was bedeutet diese Glocke?« fragte Kino seinen Vater. »Ich hörte sie noch nie.«

»Sie schlug zweimal, ehe du geboren wurdest«, erwiderte sein Vater. »Es ist die Glocke des Tempels innerhalb der Schloßmauern des Alten Herrn. Er fordert die Leute auf, das Dorf zu verlassen und sich in seinen Mauern schützen zu kommen.«

»Werden sie kommen?« fragte Kino.

»Nicht alle«, antwortete sein Vater. »Die Eltern werden versuchen, ihre Kinder zum Weggehen zu bringen, aber die Kinder werden nicht ihre Eltern verlassen wollen. Die Mütter werden nicht die Väter verlassen wollen, und die Väter werden bei ihren Booten bleiben wollen. Aber einige werden wohl ihres Lebens sicher zu sein wünschen.«

Die Glocke schlug weiterhin mahnend, und bald begann ein schütterer Zug von Leuten, meistens Kinder, aus dem Dorf gegen die Bergkuppe zuzustreben.

»Ich wollte, Jiya käme«, sagte Kino. »Glaubst du, er würde mich sehen, wenn ich an der Ecke der Terrasse stände und mit meinem weißen Gürteltuch winkte?«

»Versuch es«, sagte sein Vater.

Und Kino und sein Vater standen an der Ecke der Terrasse und winkten. Kino nahm den weißen Tuchstreifen, den er anstelle eines Gürtels um seinen Leib trug, und winkte damit, indem er ihn mit beiden Händen hoch über dem Kopf schwenkte.

Tief unten am Hügel sah Jiya die beiden Gestalten und den winkenden weißen Streifen gegen den dunklen Himmel. Er weinte während des Steigens und versuchte doch, nicht zu weinen. Er hatte seinen Vater nicht verlassen wollen, aber da er der Jüngste war, hatten ihm sein älterer Bruder und sein Vater und seine Mutter gesagt, daß er auf den Berg hinaufgehen müsse. »Wir müssen uns teilen«, sagte Jiyas Vater. »Wenn das Meer dem Feuer erliegt, mußt du uns überleben.«

»Ich will nicht allein am Leben bleiben«, sagte Jiya.

»Es ist deine Pflicht als guter japanischer Sohn, mir zu gehorchen«, sprach sein Vater zu ihm.

Jiya war weinend aus dem Haus gelaufen. Als er nun Kino sah, beschloß er, zu ihm statt in das Schloß zu gehen, und begann den Hügel zum Bauernhof emporzueilen. Nach seiner eigenen Familie mochte er Kinos strengen Vater und seine freundliche Mutter am liebsten. Er besaß keine eigene Schwester und meinte, daß Setsu das niedlichste Mädchen sei, das er je gesehen hatte.

Kinos Vater streckte seine Hand aus, um Jiya über die Steinmauer zu helfen, und Kino war gerade daran, ihm einen Gruß zuzurufen, als sich ein Hurrikan aus dem Ozean erhob. Kino und Jiya klammerten sich aneinander und schlangen ihre Arme um den Leib des Vaters.

»Schau – schau – was ist das?« wimmerte Kino.

Der purpurne Saum des Ozeans schien sich emporzuheben und bis zu den Wolken zu steigen. Ein silbergraues Band leuchtenden Himmels erschien wie ein schmaler Dämmerstreif über der See.

»Die Götter mögen uns schützen«, hörte Kino seinen Vater stammeln. Die Glocke des Schlosses begann von neuem tief und flehend zu schlagen. Aber ach, würden die Leute sie im Brüllen des Sturmes hören? Ihre Häuser hatten keine Fenster aufs Meer hinaus. Wußten sie, was im Anzuge war?

Unter den Wassertiefen des Ozeans, Meilen noch unter den kalten, hatte die Erde endlich dem Feuer nachgegeben. Sie barst stöhnend, und das kalte Wasser stürzte mitten in das kochende Gestein. Dampf brach hervor und hob den Ozean in einer großen Woge bis zum Himmel empor. Grün und massig, an den Rändern weiß schäumend, stürzte sie sich gegen den Strand. Sie wurde höher und höher und streckte Hände und Klauen aus.

»Ich muß es meinem Vater sagen«, wimmerte Jiya.

Aber Kinos Vater hielt ihn mit beiden Armen fest. »Es ist zu spät«, sagte er düster.

Und er wollte Jiya nicht fortlassen.

In wenigen Sekunden war vor ihren Augen die Woge gewachsen, näher und näher gekommen, höher und höher geworden. Die Luft war von ihrem Brüllen und Toben erfüllt. Sie wälzte sich über die flachen stillen Wasser des Ozeans, und bevor Jiya noch einmal schreien konnte, erreichte sie das Dorf und begrub es meilentief in wirbelnden wilden Wassermassen, grün gezackt, mit jähem weißem Schaum. Die Woge lief den Berghang hinauf, bis die Kuppe, auf der das Schloß stand, eine Insel war. Alle jene, die noch den Pfad erstiegen, wurden hinweggefegt – umherwirbelnde schwarze Häufchen in den tollen Wassern. Die Woge lief den Berg hinauf, bis Kino und Jiya die Wellchen sich an den Mauern der Terrasse, auf der sie standen, kräuseln sahen. Dann strich sie wieder, mit einem tiefen, saugenden Seufzer, zurück und schwemmte, ins Meer verlaufend, alles mit sich, Bäume und Steine und Häuser. Der Mann und die beiden Knaben standen, in Schweigen versteint und aneinandergeklammert, angesichts der fortziehenden Flut da. Sie fegte über das Dorf hinweg, kehrte langsam wieder zum Ozean zurück, fiel in sich zusammen und versank in tiefer Stille.

Auf dem Strand, wo das Dorf gestanden hatte, blieb kein Haus zurück, kein Restchen Holz oder umgestürzte Steinmauer, keine kleine Verkaufsstraße, kein Anlegeplatz, kein einziges Boot. Der Strand war so leer von Häusern, als hätte nie ein menschliches Wesen dort gewohnt. All das, was gewesen war, gab es nicht mehr.

Jiya stieß einen wilden Schrei aus, und Kino fühlte, wie er zu Boden glitt. Was er gesehen hatte, war zuviel für ihn gewesen. Was er wußte, konnte er nicht ertragen. Seine Familie und sein Heim waren dahin.

Kino begann zu weinen, und sein Vater gebot ihm nicht Einhalt. Er beugte sich nieder, nahm Jiya auf seine Arme und trug ihn ins Haus, und Kinos Mutter lief aus der Küche herbei und breitete eine Matratze aus, und Kinos Vater legte Jiya darauf.

»Es ist besser so, daß er bewußtlos ist«, sagte er sanft. »Laßt ihn so, bis er aus eigenem erwacht. Ich will bei ihm sitzen.«

»Ich will seine Hände und Füße reiben«, sagte Kinos Mutter traurig.

Kino konnte nicht sprechen. Er weinte noch immer, und sein Vater ließ ihn eine Weile schluchzen. Dann sagte er zu seinem Weibe:

»Wärme ein wenig Reissuppe für Kino und gib etwas Ingwer hinein. Ihm ist kalt.«

Nun hatte Kino bis zu diesen Worten seines Vaters nicht gewußt, daß ihm kalt war. Er erschauerte und konnte nicht aufhören zu weinen. Setsu kam herein. Sie hatte die große Woge nicht gesehen, denn ihre Mutter hatte die Fenster gegen das Meer zu geschlossen und die Vorhänge zugezogen. Aber nun sah sie Jiya totenblaß und still daliegen.

»Ist Jiya tot?« fragte sie.

»Nein, Jiya lebt«, antwortete ihr Vater.

»Warum öffnet er seine Augen nicht?« fragte sie weiter.

»Er wird sie bald öffnen«, erwiderte er.

»Warum weint Kino denn, wenn Jiya nicht tot ist?« fragte Setsu.

»Du stellst zu viele Fragen«, sagte der Vater zu ihr, »geh in die Küche zurück und hilf deiner Mutter.«

So ging Setsu wieder weg, indem sie an ihrem Daumen sog und Jiya und Kino beim Weggehen anstarrte, und bald kam die Mutter mit der heißen Reissuppe herein, und Kino trank sie. Er fühlte, wie ihm warm wurde, und konnte aufhören zu weinen. Aber er war noch immer erschrocken und traurig.

»Was werden wir Jiya sagen, wenn er erwacht?« fragte er seinen Vater.

»Wir werden nichts sagen«, antwortete sein Vater. »Wir werden ihm ein warmes Essen geben und ihn in Ruhe lassen. Wir werden ihn fühlen lassen, daß er noch ein Heim hat.«

»Hier?« fragte Kino.

»Ja«, antwortete sein Vater. »Ich habe mir immer einen zweiten Sohn gewünscht, und Jiya wird dieser Sohn sein. Sobald er weiß, daß dies sein Heim ist, müssen wir ihm verstehen helfen, was sich ereignet hat.«

So warteten sie auf Jiyas Erwachen.

»Ich kann mir nicht vorstellen, daß Jiya je wieder froh sein wird«, sagte Kino bekümmert.

»O ja, er wird eines Tages wieder froh sein«, sagte sein Vater, »denn das Leben ist immer stärker als der Tod. Jiya wird beim Erwachen das Gefühl haben, daß er nie wieder froh sein können wird. Er wird weinen und weinen, und wir müssen ihn weinen lassen. Aber er kann nicht immer weinen. Nach ein paar Tagen wird er aufhören, die ganze Zeit zu weinen. Er wird es nur noch zeitweise tun. Er wird still und traurig dasitzen. Wir dürfen ihn am Weinen nicht hindern und ihn nicht sprechen lassen. Aber wir werden arbeiten und leben, wie wir es gewohnt sind. Dann wird er eines Tages hungrig sein und etwas Besonderes essen, das unsere Mutter gekocht hat, und dann wird er beginnen, sich wohler zu fühlen. Er wird nicht mehr untertags, sondern nur mehr des Nachts weinen. Wir müssen ihn des Nachts weinen lassen. Aber während dieser ganzen Zeit wird sich sein Körper erneuern. Wenn sein Blut in den Adern pulst, wenn seine Knochen wachsen, wenn sein Geist wieder zu denken beginnt, wird ihn das alles wieder ins Leben zurückrufen.«

»Er kann doch seinen Vater, seine Mutter und seinen Bruder nicht vergessen!« rief Kino.

»Er kann es nicht und er soll sie auch nicht vergessen«, sagte Kinos Vater. »Genau so, wie er zu ihren Lebzeiten mit ihnen lebte, wird er mit den Toten leben. Eines Tages wird er ihren Tod als einen Teil seines Lebens hinnehmen. Er wird nicht mehr trauern. Er wird sie in seiner Erinnerung und in seinen Gedanken bewahren. Sein Fleisch und sein Blut sind ein Teil von ihnen. Solange er am Leben ist, werden auch sie in ihm am Leben sein. Die große Woge kam, aber sie ging wieder weg. Die Sonne scheint wieder, die

Vögel singen und die Erde bedeckt sich mit Blüten. Schau jetzt auf das Meer hinaus!«

Kino blickte durch die offene Tür, und er sah den Ozean funkeln und ruhig daliegen. Der Himmel war wieder blau, ein paar Wolken am Horizont waren das einzige Zeichen dessen, was geschehen war – außer der leeren Küste.

»Wie grausam ist es doch vom Himmel, so klar, und vom Ozean, so ruhig zu sein!« sagte Kino.

Aber sein Vater schüttelte den Kopf. »Nein, es ist wunderbar, daß nach dem Sturm der Ozean wieder ruhig und der Himmel wieder blau wird. Es waren weder der Ozean noch der Himmel, die den bösen Sturm machten.«

»Wer machte ihn denn?« fragte Kino. Tränen liefen über seine Wangen, weil es so vieles gab, das er nicht verstehen konnte. Aber nur sein Vater sah sie, und er verstand sie.

»Ach, niemand weiß, wer die bösen Stürme macht«, erwiderte er. »Wir wissen nur, daß sie kommen. Wenn sie kommen, müssen wir sie so tapfer überstehen, wie wir können, und wenn sie gegangen sind, müssen wir wieder fühlen, wie wundervoll das Leben ist. Jeder Tag des Lebens ist jetzt köstlicher als vor dem Sturm.«

»Aber Jiyas Familie – sein Vater und seine Mutter und sein Bruder, und alle anderen braven Fischer, die zugrunde gegangen sind«, flüsterte Kino. Er konnte die Toten nicht vergessen.

»Jetzt müssen wir an Jiya denken«, mahnte ihn sein Vater. »Er kann jede Minute die Augen öffnen, und wir müssen da sein, du, um ihm ein Bruder, ich, um ihm ein Vater zu sein. Rufe auch Mutter und Klein-Setsu herbei.«

Nun hörten sie etwas. Jiyas Augen waren noch immer geschlossen, aber er schluckte im Schlaf. Kino lief seine Mutter und Setsu holen, und sie versammelten sich kniend um sein Bett auf dem Boden, um Jiya ganz nahe zu sein, wenn er seine Augen öffnete.

Während sie ihn einige Minuten lang beobachteten, zuckten Jiyas Lider auf seinen bleichen Wangen, und dann öffnete er die Augen. Er wußte nicht, wo er war. Er blickte von einem Gesicht zum anderen, als ob sie Fremde wären. Dann sah er zu den Deckenbalken empor und rund um sich auf die weißen Zimmerwände. Er blickte auf die blaugeblümte Steppdecke, die auf ihm lag.

Niemand sprach ein Wort. Sie knieten weiter voll Erwartung um ihn. Aber Setsu konnte nicht stillhalten. Sie schlug die Hände zusammen und lachte. »Oh, Jiya ist zurückgekehrt!« rief sie. »Jiya, hast du etwas Gutes geträumt?«

Der Klang ihrer Stimme ließ ihn vollends erwachen. »Mein Vater – meine Mutter –«, flüsterte er.

Kinos Mutter ergriff seine Hand. »Ich will von nun an deine Mutter sein, lieber Jiya«, sagte sie.

»Ich will dein Vater sein«, sagte Kinos Vater.

»Ich bin nun dein Bruder, Jiya«, stammelte Kino.

»Oh, Jiya wird mit uns leben«, sagte Setsu froh.

Da verstand Jiya. Er erhob sich vom Bett und schritt zur Tür, die gegen den Himmel und die See zu offenstand. Er blickte den Hügel entlang auf den Strand hinab, wo das Fischerdorf gestanden hatte. Da war nur Strand, und alles, was von mehr als zwanzig Häusern geblieben war, waren ein paar Grundpfosten und einige große Steine. Sanfte kleine Meereswellen trugen wie im Spiel leichte Holzstücke, aus denen die Häuser errichtet worden waren, herbei, spülten sie auf den Sand und schwemmten sie wieder weg.

Die Familie war Jiya gefolgt und stand nun um ihn herum. Kino wußte nicht, was er sagen sollte, denn sein Herz tat ihm um seinen brüderlichen Freund weh. Kinos Mutter wischte ihre Augen, und sogar Klein-Setsu blickte traurig drein. Sie ergriff Jiyas Hand und streichelte sie.

»Jiya, ich will dir meine Lieblingspuppe geben«, sagte sie.

Aber Jiya konnte nicht sprechen. Er blickte weiterhin auf den Ozean.

»Jiya, deine Reissuppe wird kalt«, sagte Kinos Vater.

»Wir alle sollten etwas essen«, sagte Kinos Mutter. »Ich habe ein gutes Huhn zum Abendessen.«

»Ich bin hungrig!« rief Setsu.

»Komm, mein Sohn«, sagte Kinos Vater zu Jiya.

Sie sprachen sanft von allen Seiten auf ihn ein und traten wieder ins Haus. Im gemütlichen kleinen Raum setzten sich alle zu Tisch nieder.

Jiya saß bei den anderen. Er war wach, er konnte die Stimmen von Kinos Familie vernehmen, und er wußte, daß Kino neben ihm saß. Aber innerlich fühlte er sich immer noch schlafend. Er war sehr müde, so müde, daß er nicht sprechen wollte. Er wußte, daß er nie mehr seinen Vater und seine Mutter oder seinen Bruder oder die Nachbarn und Freunde des Dorfes wiedersehen würde. Er versuchte, nicht an sie zu denken oder sich vorzustellen, wie ihre stillen Leiber unter den flutenden Wellen dahinschwammen.

»Iß, Jiya«, flüsterte Kino. »Das Huhn ist gut.«

Jiyas Eßschale stand unberührt vor ihm. Er war nicht hungrig. Aber als Kino ihn so bat, ergriff er seinen Porzellanlöffel und trank ein wenig Suppe. Sie war heiß und gut, und ihr Duft stieg ihm in die Nase. Er trank weiter, dann nahm er die Eßstäbchen und aß etwas Fleisch und Reis. Sein Geist war noch immer unfähig zu denken, aber sein Körper war jung und stark und dankbar für das Essen.

Als sie alle fertig waren, fragte Kino: »Sollen wir den Berg hinaufgehen, Jiya?«

Aber Jiya schüttelte seinen Kopf. »Ich möchte wieder schlafen«, sagte er.

Kinos Vater verstand. »Der Schlaf tut dir wohl«, sagte er. Und er brachte Jiya zu Bett, und als sich Jiya niedergelegt hatte, deckte er ihn mit der Steppdecke zu und schloß die Rolladen.

»Jiya ist noch nicht bereit zu leben«, sagte er zu Kino. »Wir müssen warten.«

Der Körper begann zuerst zu gesunden, und Kinos Vater, der Jiya zärtlich beobachtete, wußte, daß der Körper seinen Geist und seine Seele heilen würde. »Das Leben ist stärker als der Tod«, sagte er immer wieder zu Kino.

Aber Jiya war noch Tag für Tag müde. Er wollte nicht nachdenken oder sich erinnern – er wollte nur schlafen. Er erwachte nur, um zu essen und um dann wiederum zu schlafen. Und wenn Kinos Mutter das sah, brachte sie ihn in das Schlafzimmer, und jedesmal sank Jiya auf die weiche Matratze, die in dem ruhigen, sauberen Raum auf den Boden gebreitet war. Er fiel sofort in Schlaf, und Kinos Mutter deckte ihn zu und ging fort.

In all diesen Tagen war es Kino nicht nach Spielen zumute. Er arbeitete schwer neben seinem Vater auf den Feldern. Sie sprachen nicht viel, und keiner von ihnen wollte auf das Meer blicken. Es genügte ihnen, auf die dunkle und reiche Erde zu ihren Füßen zu schauen.

Eines Abends erstieg Kino den Berg hinter dem Haus und sah zum Vulkan hinüber. Die schwarze Rauchwolke war seit langem verschwunden, und der Himmel war nun wieder klar. Kino versicherte sich mit Freuden, daß der Vulkan nicht mehr böse war, und kehrte nach Hause zurück. Der Vater rauchte auf der Schwelle seine übliche Abendpfeife. Im Hause bereitete seine Mutter das abendliche Bad für Setsu.

»Ist Jiya schon eingeschlafen?« fragte Kino seinen Vater.

»Ja, und das ist gut für ihn«, antwortete sein Vater. »Der Schlaf wird ihn stärken, und wenn er aufwacht, wird er imstande sein, nachzudenken und sich zu erinnern.«

»Aber soll er sich an ein solches Leid erinnern?« fragte Kino.

»Ja«, antwortete der Vater. »Nur wenn er den Mut hat, sich an seine Eltern zu erinnern, wird er wieder glücklich sein.«

Vater und Sohn saßen beieinander, und Kino stellte eine weitere Frage. »Vater, ist es für unser Volk nicht hart, in Japan zu leben?«

»Warum meinst du das?« fragte ihn sein Vater zurück.

»Weil der Vulkan hinter und der Ozean vor unserem Haus ist, und wenn sie sich zu unserem Verderben zusammentun, um das Erdbeben und die große Woge zu machen, sind wir hilflos. Dann sind immer viele von uns verloren.«

»Mitten in Gefahren leben heißt wissen, wie gut das Leben ist«, erwiderte sein Vater.

»Aber wenn wir den Gefahren erliegen?« fragte Kino ängstlich.

»Angesichts des Todes leben macht uns tapfer und stark«, antwortete sein Vater. »Daher fürchtet unser Volk nie den Tod. Wir sehen ihn zu oft, und wir fürchten ihn nicht. Es macht nichts aus, ein bißchen später oder ein bißchen früher zu sterben. Aber tapfer zu leben, das Leben zu lie-

ben, zu sehen, wie schön die Bäume und die
Berge sind, ja, und selbst das Meer, sich an der
Arbeit zu freuen, weil sie das Brot zum Leben er-
zeugt – darin sind wir Japaner ein glückliches
Volk. Wir lieben das Leben, weil wir in Gefahren
leben. Wir fürchten den Tod nicht, weil wir verstehen, daß Leben und Tod einander brau-
chen.«

»Was ist der Tod?« fragte Kino.

»Der Tod ist die große Pforte«, sagte sein Vater. Sein Gesicht war gar nicht traurig. Es war im
Gegenteil ruhig und glücklich.

»Die Pforte – wohin?« fragte Kino weiter.

Kinos Vater lächelte. »Kannst du dich an
deine Geburt erinnern?«

Kino schüttelte den Kopf. »Ich war zu
klein.«

Kinos Vater lachte. »Ich erinnere mich gut
daran. Oh, wie schwer, dachtest du, ist es doch,
geboren zu werden! Du schriest und wimmer-
test.«

»Wollte ich nicht geboren werden?« fragte
Kino. Das war sehr interessant für ihn.

»O nein«, sagte sein Vater lächelnd zu ihm.
»Du wolltest gerade dort bleiben, wo du warst,
im warmen, dunklen Haus der Ungeborenen.
Aber die Zeit kam für dich, geboren zu werden,
und das Tor zum Leben öffnete sich.«

»Wußte ich, daß es das Tor zum Leben war?« fragte Kino.

»Du wußtest nichts davon, und deshalb fürchtetest du es«, antwortete sein Vater. »Aber schau, wie närrisch du warst! Hier warteten wir auf dich, deine Eltern, die dich schon liebten und begierig waren, dich zu begrüßen. Und du bist sehr glücklich gewesen, nicht wahr?«

»Bis die große Woge kam«, erwiderte Kino. »Nun fürchte ich mich wieder vor dem Tod, den die große Woge brachte.«

»Du fürchtest dich nur, weil du nichts über den Tod weißt«, antwortete sein Vater. »Aber eines Tages wirst du dich wundern, warum du dich davor gefürchtet hast, genau so wie du dich heute wunderst, warum du dich vor dem Geborenwerden gefürchtet hast.«

Während ihres Gespräches hatte sich die Dämmerung vertieft, und nun sahen sie ein flimmerndes Licht den Berg heraufkommen. Die Glühwürmchen schwärmten schon herum, aber dieses Licht erklomm stetig den Pfad zu ihrem Haus.

»Wer mag da wohl kommen?« rief Kino aus.

»Ein Besuch«, antwortete sein Vater. »Aber wer kann es sein?«

Nach wenigen Minuten sahen sie, daß der Besucher der Alte Herr war, der vom Schloß kam.

Sein Diener trug die Laterne, aber der Alte Herr schritt mit Hilfe eines langen Stockes rüstig hinter ihm her. Sie hörten die Stimme des Alten Herrn durch die Abenddämmerung.

»Ist dies das Haus des Bauern Uchiyama?« fragte der Alte Herr.

»Ja«, erwiderte sein Diener, »und der Bauer sitzt mit seinem Sohn vor der Türe.«

Bei diesen Worten erhob sich Kinos Vater und Kino mit ihm.

»Bitte, Ehrwürdiger Herr«, sagte Kinos Vater, »womit kann ich dienen?«

Der Alte Herr kam näher. »Hast du einen Jungen namens Jiya hier?«

»Er liegt schlafend im Haus«, sagte Kinos Vater.

»Ich möchte ihn sehen«, sagte der Alte Herr. Jedermann konnte sehen, daß dieser Alte Herr erwartete, daß man ihm gehorche. Aber Kinos Vater lächelte nur.

»Herr, der Junge schläft, und ich kann ihn nicht wecken. Er verlor seine ganze Familie, als die große Woge kam. Nun heilt ihn der Schlaf.«

»Ich will ihn nicht wecken«, sagte der Alte Herr. »Ich möchte ihn nur sehen.«

So führte Kinos Vater den Alten Herrn auf Zehenspitzen in den Raum, in dem Jiya schlief, und Kino ging mit. Der Diener hielt das Licht und beschattete es mit seiner Hand, damit es nicht auf Jiyas geschlossene Augen fiele. Der Alte Herr blickte auf den schlafenden Knaben nieder. Jiya war sehr schön, selbst jetzt, da er so bleich und matt war. Er war groß für sein Alter, sein Körper war kräftig und sein Gesicht zeigte sowohl Intelligenz als auch Schönheit.

Der Alte Herr starrte ihn an und winkte dann seinem Diener, ihn wegzuführen. Sie gingen wieder zum Vorraum zurück, und hier wandte sich der Alte Herr an Kinos Vater.

»Ich pflege, wenn die große Woge kommt, für diejenigen zu sorgen, die verwaist sind. Dreimal ist die Woge gekommen, und dreimal habe ich die Witwen und Waisen ausfindig gemacht und ihnen Brot und ein Heim gegeben. Aber nun habe ich von diesem Knaben Jiya gehört und ich wünsche mehr für ihn zu tun. Wenn er so gut ist, wie er aussieht, will ich ihn zu meinem Sohn machen.«

»Aber Jiya gehört zu uns!« rief Kino.

»Still!« rief sein Vater. »Wir sind arme Leute. Wenn der Alte Herr Jiya will, können wir nicht sagen, daß wir ihn nicht hergeben wollen.«

»So ist es«, sagte der Alte Herr. »Ich will ihn erziehen und ihm schöne Kleider geben und ihn in eine gute Schule schicken, und er wird ein großer Mann werden und eine Ehre für unsere ganze Provinz und selbst für unser Volk sein.«

»Aber wenn er im Schloß wohnt, können wir nicht mehr miteinander spielen«, sagte Kino.

»Wir müssen an Jiyas Bestes denken«, sagte Kinos Vater.

Dann aber wandte er sich an den Alten Herrn. »Herr, es ist sehr freundlich von Euch, Jiya diesen Vorschlag zu machen. Ich habe geplant, ihn als meinen eigenen Sohn anzunehmen, nun er seine Eltern verloren hat, aber ich bin nur ein armer Bauer und ich kann nicht behaupten, daß mein Haus so gut ist wie Eures, oder daß ich es mir leisten könnte, Jiya in eine gute Schule zu schicken. Wenn er morgen aufwacht, werde ich ihm von Eurem freundlichen Angebot erzählen. Er wird sich entscheiden.«

»Gut«, sagte der Alte Herr. »Aber laß ihn selber zu mir kommen und mir Bescheid sagen, damit ich weiß, wie er fühlt.«

»Gewiß«, antwortete Kinos Vater stolz. »Jiya wird für sich selber sprechen.«

Wie unglücklich war nun Kino beim Gedanken, daß Jiya das Haus verlassen und weggehen könnte, um im Schloß zu leben! »Wenn Jiya weggeht, werde ich wieder keinen Bruder haben«, sagte er zu seinem Vater.

»Du darfst nicht so selbstsüchtig sein, Kino«,

erwiderte sein Vater. »Du mußt es zulassen, daß Jiya seine eigene Wahl trifft. Es wäre falsch, ihn zu überreden. Kino, ich verbiete dir, mit Jiya darüber zu sprechen. Wenn er aufwacht, werde ich selber mit ihm reden.«

Wenn sein Vater so streng war, wagte Kino nicht, ihm ungehorsam zu sein, und so ging er traurig zu Bett. Als er seine Steppdecke über sich zog, dachte er, daß er die ganze Nacht nicht schlafen würde, aber da er jung und müde war, schlief er sofort ein.

Doch sobald er am Morgen erwachte, gedachte er Jiyas und der Wahl, die dieser zu treffen hatte. Er stand auf, wusch sich und kleidete sich an, faltete seine Steppdecke zusammen und legte sie in die Nische, wo sie während des Tages aufbewahrt wurde. Sein Vater war bereits draußen auf dem Feld, und Kino ging zu ihm. Es war ein wundervoll milder Morgen, und ein dünner Nebel verdeckte das Meer, so daß man kein Wasser sehen konnte.

»Ist Jiya schon wach?« fragte Kino seinen Vater, als sie den Morgengruß ausgetauscht hatten.

»Nein, aber ich denke, daß er bald erwachen wird«, antwortete sein Vater. Er jätete gerade sorgfältig Unkraut im Kohlbeet, und Kino kniete nieder, um ihm zu helfen.

»Mußt du ihm heute vom Alten Herrn erzählen?« drang Kino in ihn.

»Ich muß es ihm erzählen, sobald er aufwacht«, antwortete sein Vater. »Es wäre nicht anständig, Jiya im Glauben zu lassen, daß nur unser Haus sein Heim sein kann. Er muß heute seine Wahl treffen, bevor er Zeit findet, hier neue Wurzeln zu schlagen.«

»Darf ich dabei sein, wenn du mit ihm sprichst?« fragte Kino weiter.

»Nein, mein Sohn«, erwiderte sein Vater. »Ich werde mit ihm allein sprechen und alle Vorteile anführen, die ein reicher Mann wie der Alte Herr ihm bieten kann, und wie wenig wir, die wir arm sind, ihm zu geben vermögen.«

Kino konnte sich kaum zurückhalten, in Tränen auszubrechen. Er hielt seinen Vater für sehr hartherzig. »Aber Jiya wird sicher weggehen wollen!« schluchzte er.

»Dann soll er gehen«, sagte sein Vater.

Sie gingen ins Haus, um zu frühstücken, aber Kino konnte kaum essen. Nach dem Frühstück ging er wieder aufs Feld zurück, denn er wollte nicht spielen. Sein Vater blieb im Haus, und sie konnten hören, wie Jiya aufstand.

Kino blieb lange Zeit allein bei seiner Feldarbeit. Heiße Tränen tropften aus seinen Augen auf die Erde, aber er arbeitete weiter, entschlossen, nicht eher nach Hause zu gehen, als er gerufen wurde. Erst als die Sonne im Zenit stand, hörte er die Stimme seines Vaters. Er erhob sich sofort und schritt den Pfad zwischen den Terrassen entlang, bis er zur Türe kam. Dort stand sein Vater mit Jiya. Jiyas Gesicht war noch immer bleich und seine Augen waren rot. Heute hatte er geweint, obwohl er bis jetzt noch nie geweint hatte.

Als er auf Kino blickte, begannen seine Tränen von neuem zu fließen. »Jiya, achte nicht darauf, daß dir die Tränen so locker sitzen«, sagte Kinos Vater freundlich. »Bis jetzt konntest du nicht weinen, weil du noch nicht richtig lebendig warst. Du bist zu tief verwundet worden. Aber heute beginnst du zu leben, und daher fließen deine Tränen. Das ist gut für dich. Laß deine Tränen nur kommen und wehre ihnen nicht.«

Dann wandte er sich an Kino. »Ich habe Jiya gesagt, daß er sich erst entscheiden soll, wenn er das Innere des Schlosses gesehen hat. Ich will, daß er alles sieht, was ihm der Alte Herr als Heim bieten kann. Jiya, du weißt, wie unser Haus ist – diese vier Räume und die Küche, dieses kleine Anwesen, auf dem wir so hart für unser tägliches Brot zu werken haben. Wir besitzen nur das, was unsere Hände uns erarbeiten.«

Kinos Vater streckte seine beiden harten, verarbeiteten Hände aus. Dann fuhr er fort: »Kino, du sollst mit Jiya gehen, und wenn du das Schloß siehst, mußt du ihn zu seinem eigenen Besten überreden, dortzubleiben.«

Kino vernahm dies und fühlte die Schwere der Aufgabe, die ihm auferlegt wurde. »Ich will mich waschen gehen, Vater, und meine guten Kleider anlegen.«

»Nein«, sagte sein Vater. »Geh so, wie du bist – du bist ein Bauernsohn.«

So schritten die beiden Knaben den Berg hinab und gingen, indem sie die Küste mieden, auf das Schloß zu. Das Tor stand offen und der Garten war überaus schön. Ein Gärtner fegte das grüne Moos.

Als er sie sah, kam er auf sie zu. »Was wollt ihr?« fragte er sie.

»Mein Vater hieß uns den ehrwürdigen Alten Herrn aufsuchen«, stammelte Kino.

»Bist du der kleine Uchiyama?« fragte der Gärtner.

»Ja«, antwortete Kino, »und das ist Jiya, von dem der Alte Herr will, daß er herkomme und hier wohne.«

»Folgt mir, bitte«, sagte der Gärtner. Er verbeugte sich vor Jiya und nahm eine höfliche Stimme an.

Die beiden Knaben folgten ihm auf einem

breiten, mit Kieselsteinen bedeckten Pfad. Alte Kiefern ließen zu ihren Häupten ihre krummen Zweige herabhängen. Fern, jenseits des Waldes, glühte die Sonne auf einen Blumengarten und einen Teich mit einem Wasserfall herab.

»Wie schön ist das alles!« flüsterte Kino traurig.

Jiya antwortete nicht. Er schritt erhobenen Hauptes weiter. Als sie das Haus erreichten, legten sie ihre Schuhe ab und folgten dem Gärtner durch eine große Türe. Hinter dieser hielt der Gärtner inne, und ein Diener trat auf sie zu und fragte nach ihrem Begehr. Der Gärtner flüsterte und der Diener nickte. »Folgt mir«, sagte er zu den Knaben.

So folgten sie ihm durch breite Gänge. Die Wände waren aus schön poliertem Holz, unbemalt, aber glatt und silbrig. Unter ihren Füßen lagen fein gewebte gepolsterte Matten, weicher als das Moos unter den Bäumen. Zu beiden Seiten dieses Ganges glitten Schiebetüren zurück, um prachtvolle Räume zu zeigen, und in jedem Raum gab es eine Blumenvase, ein erlesenes Rollbild, ein paar dunkel polierte Möbel. Weder Jiya noch Kino hatten je ein solches Haus gesehen. Kino war sprachlos. Wie konnte er noch hoffen, daß Jiya nicht in diesem Schloß bleiben wollte?

Dann sahen sie in weiter Entfernung den Alten Herrn an einem kleinen Tisch sitzen. Der Tisch war vor den offenen Schiebetüren aufgestellt, die auf den Garten gingen, und der Alte Herr schrieb.

Er hielt einen Pinsel steil in seiner Rechten und malte sorgfältig Buchstaben auf eine Rolle, während seine mit Silber eingefaßte Brille seine Nase hinunterrutschte.

Als die beiden Knaben nähertraten, blickte er auf, nahm seine Brille ab und legte den Pinsel nieder.

»Wollt ihr wissen, was ich geschrieben habe?« fragte er.

Weder Kino noch Jiya konnten antworten. Das große Haus, die Stille, die Schönheit, das alles trat angesichts des Alten Herrn in den Hintergrund. Er war groß und mager, und sein Haar und sein Bart waren weiß. Sein Gesicht und seine Hände waren sehr schön. Seine Knochen waren zart und seine Haut war glatt und braun. Er sah stolz aus wie ein König, aber seine dunklen Augen waren so weise wie die eines alten Gelehrten.

»Das ist kein Gedicht von mir«, sagte er. »Das ist der Spruch eines Inders, aber ich liebe ihn so sehr, daß ich ihn auf diese Rolle gemalt habe, damit er hier in der Nische hänge, wo ich ihn jeden

Tag sehen kann.« Er hielt die Rolle empor und las folgende Worte:

Die Kinder Gottes sind liebenswert, so wunder-
lich sie sind,
Wie sind sie klug und doch zugleich, wie blind!

Er sah die Knaben an. »Was haltet ihr davon?« fragte er.

Sie blickten einander an. »Wir verstehen es nicht, Herr«, sagte Jiya schließlich. Da er etwas älter als Kino war, hatte er das Gefühl, sprechen zu müssen.

Der Alte Herr schüttelte seinen Kopf und lachte leise. »Ach, wir alle sind Kinder Gottes«, sagte er. Dann setzte er seine Brille wieder auf und blickte Jiya fest an. »Nun?« fragte er. »Willst du mein Sohn sein?«

Jiya wurde sehr rot. Er hatte nicht erwartet, daß ihm diese Frage so plötzlich und so direkt gestellt werde.

Der Alte Herr sah, daß es ihm schwerfiel zu reden. »Sag ja oder nein«, sagte er zu Jiya. »Diese Worte sind nicht schwer auszusprechen.«

»Ich möchte – nein sagen!« sprach Jiya. Dann fühlte er, daß dies zu grob war. »Ich danke Euch, aber ich habe ein Heim – auf dem Bauernhof«, fügte er hinzu.

Ach, wie war Kino zumute, als er diese Worte vernahm! Er vergaß vollkommen die große Woge und das ganze Leid, das sie gebracht hatte, und einen Augenblick lang war er von reiner Freude erfüllt. Dann aber erinnerte er sich des ärmlichen Bauernhauses, der vier kleinen Zimmer und der alten Küche.

»Jiya«, sagte er feierlich, »denke daran, wie arm wir sind.«

Der Alte Herr lächelte ein halb trauriges, schwaches Lächeln. »Sie sind sicherlich sehr arm«, sagte er zu Jiya. »Und hier, weißt du, würdest du alles haben. Du kannst sogar diesen Bauernjungen manchmal einladen und mit ihm spielen, wenn du willst. Und ich bin dir zuliebe gerne willens, der Familie etwas Geld zu geben. Es würde dir als meinem Sohn wohl anstehen, den Armen zu helfen.«

»Wo sind die anderen, die vor der großen Woge errettet wurden?« fragte Jiya plötzlich.

»Einige wollten fortziehen, und die, die bleiben wollten, sind im Hinterhof bei meiner Dienerschaft«, antwortete der Alte Herr.

»Warum ladet Ihr nicht *sie* ein, in dieses große Haus zu kommen und Eure Söhne und Töchter zu sein?« fragte Jiya.

»Weil ich sie nicht zu meinen Söhnen und Töchtern haben will«, antwortete der Alte Herr ziemlich verstimmt. »Du bist ein wohlgestalteter, hübscher Junge, und man sagte mir, daß du der beste Junge des Dorfes seist.«

Jiya sah sich um. Dann schüttelte er wieder seinen Kopf. »Ich bin nicht besser als die anderen«, sagte er. »Mein Vater war ein Fischer.«

Der Alte Herr ergriff wieder seine Brille und seinen Pinsel. »Nun gut«, sagte er, »ich kann auch ohne einen Sohn auskommen.«

Der Diener winkte ihnen und sie folgten ihm, und bald waren sie wieder im Garten draußen.

»Wie dumm du bist!« sagte der Diener zu Jiya. »Unser Alter Herr ist wirklich sehr freundlich. Du hättest hier alles gehabt.«

»Nicht alles«, erwiderte Jiya.

Sie schritten durch das Tor und über den Berg wieder zum Hof zurück. Setsu war draußen und lief ihnen entgegen, und die Ärmel ihres hellen Kimonos flatterten hinter ihr und die Holzsandalen klapperten an ihren Füßen.

»Jiya ist zurückgekommen!« rief sie. »Jiya – Jiya!«

Und als Jiya ihr glückliches kleines Gesicht sah, breitete er seine Arme aus und gab ihr einen innigen Kuß. Zum erstenmal fühlte er Trost sein trauriges Herz umschmeicheln, und dieser Trost kam von Setsu, die das Leben selber war.

Das Mittagessen stand bereit, und Kinos Vater kam vom Feld, und als er sich gewaschen hatte, setzten sich alle zum Essen nieder.

»Wie froh hast du uns gemacht!« sagte er zu Jiya.

»Wirklich froh«, sagte Kinos Mutter.

»Nun habe ich einen Bruder«, sagte Kino.

Jiya lächelte nur. Ein Glücksgefühl begann sich im geheimen, tief in seinem Innern versteckt, zu regen, in einer Art, die er nicht verstand oder kannte. Das gute Essen machte ihm warm, und sein Körper war froh darüber. Die Liebe der vier Menschen rund um ihn, die ihn in ihrer Mitte aufgenommen hatten, glühte wie ein warmes und freundliches Herdfeuer.

Die Zeit verstrich. Jiya wuchs im Bauernhaus zu einem großen Jüngling heran, und Kino mit ihm, stark und stämmig, aber er wurde nicht so groß wie Jiya. Auch Setsu wurde aus einem mutwilligen, lachfrohen kleinen Mädchen zu einem heiteren, anstelligen, hübschen großen Mädchen. Aber die Zeit wurde, so lang sie auch war, durch die große Woge in zwei Teile gespalten. Die Leute sprachen von der ›Zeit vor‹ und der ›Zeit nach‹ der großen Woge. Die große Woge hatte jedermanns Leben verändert.

Jahre hindurch kehrte niemand zurück, um

am leeren Strand zu leben. Die Gezeiten stiegen und fielen und fegten den Sand jeden Tag rein. Stürme kamen und gingen, aber es gab nie mehr wieder eine solche Woge wie damals die große. Die wenigen Fischer, die die Glocke des Schlosses schlagen gehört hatten und mit ihren Frauen und Kindern gerettet worden waren, waren an andere Küsten auf Fischfang ausgezogen und hatten neue Fischerboote verfertigt.

Aber als die Zeit nach der großen Woge verstrich, begannen sie sich selbst zu sagen, daß kein Strand so gut wie der alte war. Hier, so sagten sie, war das Wasser tief und große Fische kamen in Schwärmen nah an das Ufer. Sie brauchten nicht in die See nach Beute auszufahren. Die Meerarme zwischen den Inseln waren fischreich.

Nun waren auch Kino und Jiya nicht oft wieder zur Küste hinuntergegangen. Ein- oder zweimal waren sie die Stelle entlanggeschritten, wo die Straße gewesen war, und Jiya hatte nach einem Andenken an sein Haus Ausschau gehalten, das die See an den Strand zurückgeschwemmt haben mochte. Aber er hatte nie etwas gefunden. Die Brandung über den tiefen Wassern war zu heftig, und sogar die Leichen waren nicht wiedergekommen. Daher besuchten die beiden Knaben, nun junge Männer, den verlassenen Strand nicht sehr oft. Wenn sie im Meer schwimmen wollten, gingen sie durch das Anwesen über eine andere Hügelfalte.

Aber Kino sah, daß Jiya jeden Morgen durch die Türe blickte; er blickte auf den leeren Strand, und seine Augen schweiften suchend umher, ob nicht eines Tages jemand zurückgekommen wäre. Und eines Tages sah er wirklich jemanden. Kino legte bei der Türe gerade seine Schuhe an, da hörte er Jiya mit lauter Stimme rufen: »Kino, komm her!« Schnell ging Kino zu ihm, und Jiya deutete den Berg hinunter. »Schau – baut nicht jemand ein Haus auf dem Strand?«

Kino schaute und sah, daß es tatsächlich so war. Zwei Männer trieben Pfosten in den Sand, und ein Weib und ein Kind standen beobachtend dabei. »Kann es wirklich sein, daß sie wieder auf dem Strand zu bauen beginnen?« rief er aus.

Aber sie konnten es nicht aushalten, nur zu schauen. Sie liefen den Berg zum Strand hinunter und gingen zu den zwei Männern. »Baut ihr ein Haus?« rief Jiya.

Die Männer hielten inne und der ältere nickte. »Unser Vater lebte hier und wir mit ihm. Während dieser Jahre haben wir in den Nebengebäuden des Schlosses gewohnt und an anderen

Ufern gefischt. Nun sind wir es müde, kein eigenes Heim zu besitzen. Übrigens ist dies noch immer der beste Strand zum Fischen.«

»Aber wenn die große Woge wiederkommt?« fragte Kino.

Die Männer zuckten die Schultern. »Es gab eine große Woge zu unseres Urgroßvaters Zeiten. Alle Häuser wurden weggeschwemmt, doch unser Großvater kehrte zurück. Zu unseres Vaters Zeiten kam die große Woge wieder, und nun kehren wir zurück.«

»Aber eure Kinder?« fragte Kino furchterfüllt.

»Es ist möglich, daß die große Woge auch nicht wiederkommt«, sagten die Männer. Und sie begannen den Pfosten wieder in den Sand zu treiben.

Die ganze Zeit hatte Jiya kein weiteres Wort gesprochen. Er stand da, in den Anblick der Arbeitenden versunken, und sein Gesicht war nachdenklich und seltsam. Die große Woge und das Leid, das sie gebracht hatte, hatten ihn für immer verändert. Nie wieder würde er leicht lachen oder gedankenlos sprechen. Er hatte gelernt, mit seinen toten Eltern und seinem toten Bruder zu leben, wie Kinos Vater es gesagt hatte, und er weinte nicht. Er dachte jeden Tag an sie und er empfand nicht, daß sie fern von ihm seien oder er fern von ihnen. Ihre Gesichter, ihre Stimmen, die Art, wie sein Vater sprach und blickte, das Lächeln seiner Mutter, das Lachen seines Bruders, all das war ihm noch gegenwärtig und würde es auch immer sein. Aber nach der großen Woge war er nicht länger ein Kind geblieben. In der Schule hatte er voll Fleiß alles gelernt, was er lernen konnte, und nun arbeitete er auf dem Anwesen. Er schätzte alles, was gut war, hoch ein. Seit der großen Woge, die so grausam gewesen war, konnte er Grausamkeit nicht ertragen, und er wurde zum freundlichsten und sanftesten Mann, den Kino je gesehen hatte. Jiya sprach nie über seine Einsamkeit. Er wollte nicht, daß jemand wegen seiner Trauer traurig sei. Wenn er über einen lustigen Streich Setsus lachte oder wenn sie ihn neckte, war es wundervoll, sein Lachen zu hören, weil es so voll und aufrichtig war.

Als er nun sah, wie das neue Haus auf dem Strand errichtet wurde, empfand er große Freude. Konnte es wirklich wahr sein, daß sich noch einmal Leute an diesem Strand zusammentun würden, um ein Dorf zu bauen? War es recht so?

In diesem Augenblick entstand eine Bewegung auf dem Berghang. Sie blickten empor und sahen, daß der Alte Herr langsam den steinigen

Pfad herunterkam. Er war jetzt wirklich sehr alt und schritt nur mühsam dahin. Zwei Diener stützten ihn.

Der ältere der Bauenden ließ seinen Steinhammer fallen. »Da kommt unser Alter Herr«, sagte er zu den anderen. »Er ist sehr böse, sonst hätte er das Schloß nicht verlassen.«

Jedermann konnte sehen, daß der Alte Herr böse war. Er umklammerte seinen langen Stock, und als er näherkam, zerrte er an seinem Bart und zuckte mit den Augenbrauen. Sein Körper war so dünn wie ein Bambusrohr, und wie der Wind so durch sein weißes Haar und seinen langen weißen Bart wehte, sah er wie einer der alten Götter aus dem Tempel aus.

»Ihr närrischen Kindsköpfe!« rief er mit seiner hohen alten Stimme. »Ihr habt meine schützenden Mauern verlassen und seid an diesen gefährlichen Strand zurückgekehrt, um euch ein Heim zu errichten, wie es eure Väter vor euch getan haben. Die große Woge wird wiederkommen und euch von neuem in den Ozean schwemmen!«

»Sie muß auch nicht kommen, Ehrwürdiger Alter Herr«, sagte der ältere der Bauenden sanft.

»Sie wird kommen!« ereiferte sich der Alte Herr. »Ich habe mein ganzes Leben über dem

Versuch verbracht, närrisches Volk vor der großen Woge zu retten. Aber ihr wollt nicht gerettet werden!«

Plötzlich sprach Jiya: »Dies ist unsere Heimat. So gefährlich sie ist, bedroht vom Vulkan und Meer – hier sind wir geboren worden!«

Der Alte Herr sah ihn an. »Kenne ich dich nicht?« fragte er.

»Herr, ich war einmal in Eurem Schloß«, antwortete Jiya.

Der Alte Herr nickte. »Nun entsinne ich mich deiner. Ich wollte dich zu meinem Sohn haben. Ach, du hast einen großen Fehler begangen, junger Mann! Du hättest auf meinem Schloß für immer in Sicherheit leben können, und deine Kinder wären dort auch in Sicherheit gewesen. Die große Woge erreicht mich nie.«

Jiya schüttelte seinen Kopf. »Auch Euer Schloß ist nicht sicher«, sagte er zum Alten Herrn. »Wenn die Erde stark genug erbebt, wird auch Euer Schloß zusammenstürzen. Für uns, die wir auf diesen Inseln leben, gibt es keine Zuflucht. Wir sind tapfer, weil wir es sein müssen.«

»Ha!« riefen die Bauenden, »du hast recht!« Und sie gingen zurück, um die Grundpfosten einzuschlagen.

Der Alte Herr ließ ein paarmal seine Augen

rollen. »Bittet mich nicht, euch zu retten, wenn die große Woge das nächstemal kommt«, sagte er zu allen.

»Aber Ihr werdet uns retten«, sagte Jiya sanft, »weil Ihr so gut seid.«

Der Alte Herr schüttelte darauf seinen Kopf und dann lächelte er. »Wie schade, daß du nicht mein Sohn sein wolltest«, sagte er, und dann schritt er zum Schloß zurück und schloß das Tor.

Kino und Jiya dagegen kehrten zum Hof zurück; aber die ganze Familie konnte sehen, daß Jiya von diesem Tag an ruhelos war. Sie hatten angenommen, daß Jiya ein Bauer werden wollte, und Kinos Vater vertraute ihm vieles an. Aber Jiya verfiel in eine vergeßliche Stimmung, und eines Tages sprach Kinos Vater mit ihm, als sie in den Feldern arbeiteten.

»Ich weiß, daß du ein zu guter Sohn bist, um absichtlich so vergeßlich zu sein«, sagte er. »Sag mir, was du auf dem Herzen hast.«

»Ich möchte ein Boot haben«, sagte Jiya. »Ich möchte wieder auf Fischfang ausgehen.«

Kinos Vater zog eine Furche. »Das Leben ist stärker als der Tod«, sagte er ruhig.

Von diesem Tag an wußte die Familie, daß Jiya dereinst wieder an die See zurückkehren würde und daß er sich ein Haus auf dem Strand bauen würde. Nacheinander hatten sich nun sieben Häuser erhoben, zerbrechliche Häuser von Fischervolk, die die große Woge wie Spielzeug emporheben, zerschmettern und wegschleudern konnte. Aber sie bargen Familien, Männer, Frauen und Kinder. Und wieder wurden sie ohne Fenster gegen die See zu errichtet. Jede Familie hatte auf dem Stückchen Grund, das ihr vor der großen Woge gehört hatte, gebaut, und am Ende war ein leerer Platz übriggeblieben. Der gehörte Jiya, denn er hatte einst seinem Vater gehört.

»Wenn ich ein Boot habe, werde ich dort mein eigenes Haus bauen«, sagte Jiya eines Nachts zur Bauernfamilie.

»Ich werde dir von heute an Lohn zahlen«, sagte Kinos Vater. »Du bist ein Mann geworden.«

Von diesem Tag an sparte Jiya seinen Lohn, bis er genug hatte, um ein Boot zu kaufen. Es war ein schönes Boot, stark und wendig, aus gewittertem Holz, und die Segel waren neu. Am Tage, als er es bekam, segelten er und Kino weit in den Meeresarm hinaus, und Jiya war seit der großen Woge noch nie so glücklich gewesen. Kino konnte die tiefe stille Kälte der bodenlosen Wasser nicht vergessen, auf denen sie schwammen. Aber Jiya dachte nur an die Freude, daß er nun ein eigenes Boot besitze, und Kino wollte seine Freude durch kein Zeichen von Furcht trüben.

»Ich wußte die ganze Zeit, daß ich an die See zurückkehren mußte«, sagte er zu Kino.

Dann wurde Jiya zu Kinos Verwunderung sehr rot. »Glaubst du, daß sich Setsu davor fürchten würde, am Strand zu leben?« fragte er Kino.

Kino war überrascht. »Warum sollte denn Setsu am Strand leben?« fragte er.

Jiya wurde noch mehr rot, aber er hielt seinen Kopf hoch. »Weil ich mein eigenes Heim bauen werde«, sagte er fest. »Und ich will Setsu zu meinem Weibe.«

Das war eine so erstaunliche Nachricht, daß Kino nichts zu sagen wußte. Setsu war seine kleine Schwester, und er wollte es nicht glauben, daß sie alt genug sei, um jemandes Frau zu werden. Auch konnte er es, um die Wahrheit zu sagen, sich nicht vorstellen, daß irgendwer sie zu seinem Weibe haben wollte. Sie war leichtsinnig, mutwillig und zu Neckereien aufgelegt und sie hatte noch immer ihre Freude daran, seine Sachen so zu verstecken, daß er sie nicht finden konnte.

»Du wärst schön dumm, wenn du Setsu heiratetest«, sagte er endlich zu Jiya.

»Da stimme ich nicht mir dir überein«, sagte Jiya lächelnd.

»Aber warum willst du sie denn?« drängte ihn Kino.

»Weil sie mich zum Lachen bringt«, sagte Jiya. »Sie hat mich die große Woge vergessen lassen. Für mich ist sie – das Leben.«

»Aber sie ist keine gute Köchin«, sagte Kino. »Denke daran, wie sie den Reis anbrennen läßt, weil sie hinausläuft, um irgend etwas anzusehen.«

»Ich mache mir nichts aus angebranntem Reis«, sagte Jiya, »und ich werde mit ihr hinauslaufen, um zu sehen, was sie sieht.«

Kino sagte nichts mehr, aber er blickte weiter seinen Freund an. Jiya wollte ein Haus bauen, um Setsu zu heiraten! Er konnte es nicht glauben.

Als sie nach Hause kamen, ging er zu seinem Vater. »Weißt du schon, daß Jiya Setsu heiraten möchte?« fragte er ihn.

Sein Vater betrachtete seine Saaten, denn es war wieder Frühling. »Ich habe ein paar Blicke zwischen ihnen hin- und hergehen sehen«, sagte er lächelnd.

»Aber Jiya ist zu gut für Setsu«, sagte Kino.

»Setsu ist sehr hübsch«, sagte sein Vater.

Kino war überrascht. »Mit ihrer dummen Nase?«

»Ich glaube, daß Jiya ihre Nase bewundert«, sagte sein Vater ruhig.

»Das verstehe ich nicht«, sagte Kino. »Übrigens wird sie seine Sachen verstecken und ihn necken, und das wird ihn ärgern.«

»Was dich ärgert, wird ihn glücklich machen«, sagte sein Vater.

»Das verstehe ich noch weniger«, sagte Kino trocken.

»Eines Tages wirst du es verstehen«, sagte sein Vater lachend. »Erinnerst du dich, wie ich dir sagte, daß das Leben stärker sei als der Tod? Jiya ist bereit zu leben.«

An jenem Frühsommertag, an dem Jiya und Setsu heirateten, verstand es Kino noch immer nicht, denn bis zum letzten Tag war Setsu schlimm und mutwillig, und just an ihrem eigenen Hochzeitstag versteckte sie seine Haarbürste unter seinem Bett. »Du bist zu dumm, um zu heiraten«, sagte er, als er sie fand. »Jiya tut mir leid.«

Ihre großen braunen Augen lachten ihn an und sie streckte ihm ihre kleine rote Zunge entgegen. »Zu Jiya werde ich immer nett sein«, sagte sie.

Aber als die Hochzeit vorüber war und die Familie das neuvermählte Paar den Berg hinunter zum neuen Haus auf dem Strand begleitete, begann Kino Trauer zu empfinden. Das Bauernhaus würde ohne Setsu sehr still werden und sie würde ihm fehlen. Jeden Tag würde er Jiya besuchen und oftmals mit ihm fischen gehen. Aber Setsu würde nicht in der Küche des Bauernhauses sein, nicht in den Zimmern, nicht im Garten. Er würde selbst ihre Neckereien vermissen. Er wurde wirklich sehr ernst. Was, wenn die große Woge wiederkäme?

Und so wandte er sich im hübschen kleinen Haus an Jiya. »Jiya, was geschieht, wenn die große Woge wiederkommt?« fragte er.

»Ich habe vorgesorgt«, sagte Jiya. Er führte sie durch das kleine Haus in das Zimmer, das auf die See ging, das eine große Zimmer, wo sie des Nachts ruhten und untertags essen und arbeiten sollten.

Die ganze Familie stand da, und wie sie um sich blickten, stieß Jiya eine Wandfüllung beiseite. Vor ihren Augen wogte der Ozean im Abendwind auf und nieder. Die Sonne sank eben in rotem und goldenem Gewölk ins Wasser. Sie blickten schweigend über die tiefen Wasser.

»Ich habe mein Haus dem Ozean aufgetan«, sagte Jiya. »Wenn je die große Woge wiederkommt, bin ich bereit. Ich blicke ihr ins Angesicht. Ich fürchte mich nicht.«

»Du bist stark und tapfer«, sagte Kinos Vater.

Und sie gingen nach Hause und ließen Jiya und Setsu zurück, auf daß sie ein neues Leben im neuen Heim am alten Strand begännen.

EIN GLÜCKLICHER TAG

*Diese wahre Geschichte
vom Herrn Nishima
widme ich
David, Leon und Sumie,
Welcome House*

Es war einmal ein Schiff, das fuhr über den Stillen Ozean nach Kalifornien. Es kam von Schanghai und führte unter seinen zahlreichen Passagieren auch eine Dame, die zwei kleine Mädchen hatte, mit sich. Die eine Kleine war krank, und daher hatten sie ihr Heim in China verlassen und die Reise nach Amerika antreten müssen, weil sie hofften, einen Arzt zu finden, der ihnen sagen könnte, was ihr fehlte. Dieses kleine Mädchen, das ältere der beiden, hieß Nora, das jüngere hieß Jane. Die Dame selbst war eine Frau Jackson. Herr Jackson konnte seinem Geschäft nicht fernbleiben, darum reiste sie allein mit Nora und Jane.

Der Meer war sehr, sehr groß, und Frau Jackson war gar nicht froh zumute. Sie mochte das Meer nicht, weil es sie seekrank machte. Das Schiff sollte viele Tage unterwegs sein. Sie waren noch nicht einmal bis Japan gekommen, und der größte Teil des Meeres lag noch vor ihnen. Frau Jackson war ganz verzweifelt. Sie hatte Kummer, weil die kleine Nora krank war und weil ihr Jane so viel zu schaffen machte.

Denn Jane war keineswegs krank – sie war fast zu gesund. Sie lief überall auf dem Schiff umher, und das Schiff war so riesig, daß Frau Jackson sie meistens nicht finden konnte. Außerdem mußte sie sich ja Noras annehmen. Nora war sieben Jahre alt, und obwohl sie krank war, bemühte sie sich, brav zu sein. Es war zu dumm, daß Frau Jackson so oft seekrank war, denn da fiel es ihr wirklich schwer, sich Noras anzunehmen und gleichzeitig herauszufinden, wo Jane steckte.

Jane war sechs Jahre alt und konnte schneller laufen als ihre Mutter. Schon ein paar Leute auf dem Schiff, von Frau Jackson ganz zu schweigen, hatten die Geduld mit ihr verloren.

Gleich am ersten Tag der Fahrt hatte der Dritte Ingenieur selber Jane in die Kabine zurückgebracht, und er war wirklich sehr streng gewesen. Er hielt ihre Hand derart, daß sie seine saubere weiße Uniform nicht berühren konnte, und fragte Frau Jackson: »Gehört dieses schmierige kleine Mädel da Ihnen?«

Frau Jackson fühlte sich gerade sehr seekrank, denn ein lebhafter Wind peitschte das Meer zu hohen Wellen empor, und als sie Jane erblickte, wurde ihr noch mehr übel. Das Kind war mit schwarzen Ölflecken übersät, obwohl sie ihm vor dem Frühstück ein frisches weißleinenes Spielkleidchen angelegt hatte.

»Ich fürchte, ja, das ist meine Kleine«, sagte Frau Jackson, indem sie sich Mühe gab, nicht allzu seekrank zu erscheinen. »Wo haben Sie sie gefunden?«

»Im Maschinenraum«, erwiderte der Dritte Ingenieur finster. »Sie steckte ihren Finger in die Maschinen hinein, und es hätte alles mögliche passieren können. Jedenfalls hat sie von oben bis unten Ölflecken, weil sie mit dem Ölkanister spielte.«

»Und das gleich am ersten Tag!« stöhnte Frau Jackson. »Es ist ein Jammer, daß Jane das gesunde Kind ist, und nicht Nora!« Der Dritte Ingenieur blickte nicht sehr freundlich drein.

»Ich gebe Ihnen den Rat, das Kind unter Ihrer Kontrolle zu halten«, sagte er und ging.

»Was ist das, Kontrolle?« fragte Jane ihre Mutter.

»Das heißt, daß du deiner Mutter folgen mußt«, erwiderte Frau Jackson.

Jane sah überrascht aus. »Aber du hast mir doch nie gesagt, daß ich nicht in den Maschinenraum gehen darf.«

»Ich hätte mir nie gedacht, daß du von selbst hingehen würdest«, antwortete Frau Jackson böse. »Ich hätte überhaupt nie an den Maschinenraum gedacht. Geh nie mehr dorthin!«

»Nein, Mammi«, sagte Jane.

Sie sprach das so lieb, daß Frau Jackson gleich wieder versöhnt war; sie badete Jane und legte ihr ein reines Kleidchen an. Nora, die mit Papierpuppen spielte, sah währenddessen zu.

Noch am selben Nachmittag hörte Frau Jackson, die ein Schläfchen hielt, ein starkes Klopfen an der Türe. Sie sprang aus dem Bett und öffnete die Kabine; da stand der Chef-Steward. Er hatte Jane an der Hand, und auch er hielt sie sich so weit vom Leibe, daß sie seine reine weiße Uniform nicht berühren konnte.

»Gehört dieser Schmutzfink Ihnen?« fragte er.

Frau Jackson fühlte sich ganz schwach werden. »Ich dachte, sie schliefe im oberen Bett«, sagte sie.

»Sie war unten in den Küchenräumen«, erwiderte der Chef-Steward. »Sie stocherte im Brotteig herum, und der Chefkoch ist richtig böse geworden. Er wollte sie über Bord werfen. Er meinte, niemand würde es zustande bringen, sie wieder zu säubern.«

»Oh, Jane!« stöhnte Frau Jackson.

»Ich konnte nicht schlafen«, sagte Jane, »und da bin ich halt ganz leise und sacht hinuntergegangen, damit ich dich und Nora nicht aufwekke.«

»Sie sollten ihr einen ordentlichen Klaps geben, gnädige Frau«, meinte der Chef-Steward und ging.

Frau Jackson war außer sich. »Jane«, rief sie, »wie konntest du nur so etwas tun, wo du doch erst heute früh im Maschinenraum so schlimm warst?«

»Mammi«, sagte Jane, »ich bin nicht in den Maschinenraum gegangen, weil du gesagt hast, daß ich das nicht darf, und ich wollte auch in Kontrolle sein, aber du hast gar nichts über die Küche gesagt, und ich hab' nicht gewußt, daß die auch zur Kontrolle gehört.«

Jane sah so reizend aus, wie sie das sagte, und sie schien so zerknirscht zu sein, daß Frau Jackson es nicht über sich bringen konnte, ihr einen Klaps zu geben – hatte sie doch noch nie ihre Kinder geschlagen. Sie wusch Jane von oben bis unten und legte ihr wieder ein frisches Kleidchen an.

Dann sagte sie: »Geh nirgends hin, Jane, ich bitte dich! Bleib nur hier bei Nora und mir.«

»Ja, Mammi«, versprach Jane.

Den Rest des Tages verbrachte Jane bei ihrer Mutter und Nora. Aber sie fand es schrecklich langweilig. Sie war nicht ein bißchen seekrank, und die Kabine war so eng, und am nächsten Morgen hatte Frau Jackson die Empfindung, daß es für alle leichter wäre, wenn Jane auf eine kleine Weile ins Freie käme.

So fragte sie Nora: »Kannst du ein bißchen allein zurechtkommen, während ich Jane an die Luft führe?«

»Mammi, ich möchte auch so gern an die Luft«, erwiderte Nora. »Heute morgen fühle ich mich viel besser, und ich könnte aufs Deck hinauf und im Liegestuhl liegen und dir helfen, auf Jane achtzugeben.«

»Oh, bitte!« rief Jane. »Das wäre fein! Und ich werde immer dort sein, wo ihr auf mich achtgeben könnt.«

Nachdem alle drei angekleidet waren – Frau Jackson trug ein blaues Kostüm und eine gefältelte weiße Bluse, Nora ein rotes Jumperkleidchen und Jane eine frische weiß-grüne Spielschürze, die reizend zu ihrem goldenen Haar paßte – und nachdem sie ein ausgiebiges Frühstück im Speisesaal gegessen hatten, stiegen sie aufs Deck hinauf. Der Wind hatte nachgelassen und das Meer war ruhig, und Frau Jackson war nicht seekrank. Noras Wangen färbten sich sogar ein bißchen rosig und sie ging eine Weile herum, bis sie müde wurde und sich in den Strecksessel niederlegte. Und Jane? Jane war fabelhaft. Sie blieb bei der Mutter, sie stopfte die Decke um Nora fest und dann setzte sie sich neben sie nieder und versuchte in einem Buch zu lesen.

Frau Jackson fühlte sich fast vollkommen glücklich. Der Himmel war strahlend blau, die See fast noch strahlender, kein weißer Wellenkamm war zu sehen. Die anderen Passagiere blickten alle heiter und vergnügt drein und schritten angeregt, Paar für Paar, jeder mit dem, den er am liebsten mochte, rund um das Deck. Alle hatten sie ausgiebig gefrühstückt und trachteten nun, sich auf ein ausgiebiges Mittagessen vorzubereiten. Plötzlich rief jemand: »Oh, da kommt ein Wal!«

Nun hatte es bisher fliegende Fische und Tümmler gegeben, aber niemand war darauf gefaßt, einen Wal in diesem warmen Wasser zu sehen, und daher liefen alle zur Reling, um ihn zu betrachten. Nora stand auf, ging über das Deck und blickte über die Reling, und Frau Jackson begleitete sie. Einen Augenblick vergaß sie Jane, und dann vermutete sie natürlich, daß auch Jane zuschaue. Wahrscheinlich, sagte sie sich, nahm sich jemand Janes an und hielt sie fest, damit sie nicht über Bord fallen könne. Jane war so hübsch und ihr Haar war so golden, daß sich fast immer irgend jemand ihrer annahm.

Doch jetzt war der Wal da. Zweifelsohne war's ein Wal, wenn auch nicht im richtigen

Wasser. Er war nicht weit vom Schiff. Man konnte einen großen schwarzen Fleck erblicken, aus dessen Mitte ein Springbrunnen spritzte. Der Wal pustete; vielleicht war es ihm heiß, vielleicht war er unruhig, weil er sich verirrt hatte, vielleicht sah er sich aber auch nur nach einem Frühstück um.

Jedenfalls verstrich einige Zeit, bis er sich unter Wasser wegwälzte und die Leute aufhörten, ihn anzuschauen. Da erst erfaßten Frau Jackson und Nora, daß Jane nicht in der Nähe war.

»Du lieber Himmel«, rief Frau Jackson, »du mußt dich wieder niederlegen, Nora, und ich will inzwischen Jane suchen.«

Sie wickelte Nora in die Decke und machte sich auf den Weg. Es war nur die Frage, wo sie auf diesem riesigen Schiff ein kleines Mädchen finden könnte. Sie glaubte nicht, daß Jane wieder in die Küche oder in den Maschinenraum gegangen sei, aber es gab so viele andere Orte! Frau Jackson ging und ging, sie lugte ins Schreib-, ins Spielzimmer hinein und in den Kleinkinderraum, schließlich sogar in die Bar, aber Jane war nirgends. Gerade als sie daran war, die Hoffnung aufzugeben und um Hilfe zu rufen, beschloß sie, noch einmal rund ums Deck zu gehen. Als sie sich auf ihrem Weg dem Bug des Schiffes näherte, kam es ihr vor, als hörte sie

Janes Stimme. Sie sah empor und erblickte zu ihrem Schrecken Jane auf der Kommandobrücke, wo sie durch ein langes Fernrohr schaute, das ihr der Kapitän zuvorkommend hielt.

»Jane!« schrie sie. »Was tust du da oben?«

Jane lehnte sich über das Geländer und erblickte ihre Mutter. »Ich bin heraufgestiegen, um den Wal besser zu sehen«, rief sie herunter.

»Oh, Jane!« stöhnte Frau Jackson.

»Was ist denn los, Mammi?« rief Jane. »Ist das außer Kontrolle?«

Bei diesen Worten blickte der Kapitän, der bisher gelacht hatte, sehr streng drein. »Junge Dame, ist das deine Mutter?« fragte er Jane.

»Ja«, erwiderte Jane. »Meine und auch Noras Mutti.«

»Dann steig hinunter«, sagte der Kapitän. Er nahm Jane bei der Hand und führte sie die steile Treppe von der Brücke hinab.

»Gnädige Frau«, wandte er sich an Frau Jackson, »Sie wissen wohl, daß niemand auf die Brücke darf, außer ich lade ihn selber ein.«

»Ich weiß es«, stammelte Frau Jackson. »Ich schäme mich so für Jane! Ich weiß nie, was sie im nächsten Augenblick anstellen wird.«

»Mammi, du hast mir nie gesagt, daß ich nicht auf die Brücke darf«, verteidigte sich Jane.

»Ich dachte nicht daran!« sagte Frau Jackson.

»Wie könnte ich auch an alle Orte denken, wo du hinläufst, du schlimmes Kind, du!«

Tränen traten in Frau Jacksons Augen; es waren sehr schöne, sehr blaue Augen, so blau wie Himmel und Meer, und der Kapitän wurde mit einemmal wieder freundlich.

»Kein Wort mehr, gnädige Frau«, sagte er. »Wollen wir es vergessen. Nun weißt du, junge Dame, daß du nicht auf die Brücke kommen darfst.«

»Ich wollte durchs Fernrohr schauen, um den Wal besser zu sehen«, erklärte Jane.

»Ich bin ganz überzeugt, daß du die besten Gründe dafür hattest«, erwiderte der Kapitän, »aber trotzdem sind sie noch immer nicht gut genug, um eine Vorschrift zu durchbrechen.«

»Heißt das, daß die Brücke außer Kontrolle ist?« fragte Jane.

»*Du* bist außer Kontrolle«, sagte der Kapitän grimmig und ging.

Frau Jackson hielt Jane fast den ganzen weiteren Tag über bei der Hand und die ganze Zeit fürchtete sie sich vor dem nächsten. Denn am nächsten Tag sollte das Schiff in Kobe anlegen. Nun ist Kobe, wie jedermann weiß, der schon auf einem solchen Schiff gefahren ist, eine japanische Hafenstadt, ein reizender Ort für die meisten Leute, aber Frau Jackson fürchtete sich vor ihm. Was, wenn Jane in Kobe fortliefe? Wie sollte sie sie da je wieder finden?

»Ich habe gute Lust, uns alle morgen in diese Kabine einzusperren«, sagte sie zu Jane, als sie sie am Abend ins obere Bett brachte. »Tu ich das nicht, dann wirst du, fürchte ich, dich in Kobe meiner Kontrolle entziehen, und ich werde nicht wissen, wo ich dich zu suchen habe.«

»Oh, Mammi!« rief Jane. »Bitte laß uns an Land gehen! Ich werde so brav sein, daß du's dir gar nicht vorstellen kannst!«

»Sicherlich kann ich mir das nicht vorstellen«, sagte Frau Jackson. Sie war richtig böse und wollte nichts versprechen, bis Jane schließlich Nora leid tat, und sie sagte: »Mach noch einen Versuch mit Jane, Mammi, vielleicht ist sie brav. Es wäre doch so schön, wieder an Land zu gehen!«

Frau Jackson wollte nichts versprechen. Aber als sie am nächsten Morgen aufwachte, fühlte sie sich besser. Das Schiff lag schon im Hafen und war ruhig wie ein Haus. Eine köstliche Brise wehte durch die Bullaugen herein, und als Frau Jackson hinausschaute, sah sie jenseits des Hafens ein wunderschönes grünes Land. Dann erblickte sie einen kleinen, sehr schmalen Park, ganz nah vom Hafen und seewärts gelegen. Dort könnten, so meinte sie, Nora und sie auf den bequem aussehenden Bänken sitzen, und Jane könnte herumlaufen, aber nicht zu weit, und außerdem war ein hohes Geländer da, daß sie nicht in die See fallen konnte, und ein Gitter, daß sie nicht auf die Straße laufen konnte.

Sie wandte sich zu den Kindern um und sagte: »Meine Herzchen, vielleicht war ich gestern abend zu böse. Wenn Jane heute wirklich brav sein will, dann wollen wir an Land gehen und uns in diesen hübschen kleinen Park setzen. Das ist schließlich und endlich besser, als auf dem Schiff zu bleiben. Und wir haben den ganzen Tag vor uns, denn wir fahren erst gegen sechs Uhr abends weiter.«

Jane umarmte ihre Mutter ungestüm, als sie das vernahm, und Nora gab ihr einen Kuß, und so waren sie alle nach dem Frühstück in bester Stimmung. Nora legte ihr weißes Mäntelchen an und setzte ihren großen Matrosenhut auf, Jane trug eine rote Jacke und ein kleines Strohkäppchen, und Frau Jackson entschloß sich, ihr neues lohfarbenes Leinenkostüm anzuziehen. Sie fühlten, daß sie hübsch aussahen, und das war auch wirklich der Fall, und jedes nahm sich vor, sich gut zu zeigen: Jane, nicht fortzulaufen und sich nicht der Kontrolle zu entziehen, Nora, nicht zu klagen, wenn ihr der Kopf weh tat, und Frau Jackson, nicht mit den Kindern böse zu sein. Sie schritten über die Laufplanke, überquerten den Landungsplatz, und da lag schon der kleine Park, taufrisch und grün. Einen Fischteich und Blumenbeete gab es, und die Bänke waren grün gestrichen und sehr bequem.

Eine lange Zeit, fast fünfzehn Minuten, saß Jane neben Nora und ihrer Mutter und besah sich die Schiffe im Hafen und besonders ihr eigenes großes weißes Schiff mit den goldenen Verzierungen. Dann kam ihr der Einfall, aufzustehen, weil sie vom langen Sitzen genug hatte. Frau Jackson beobachtete sie und sagte kein Wort. Es hat keinen Sinn, dachte sie, böse zu werden, bevor nicht wirklich ein Anlaß dazu da ist. Sie sah Jane zu, wie sie langsam die ganze Ecke des Parks ausging. Dann stand sie lange, mindestens fünf Minuten, in die Betrachtung der Fische im Teich versunken da. Frau Jackson freute sich. Jane war wirklich äußerst brav.

»Oh, Mammi, schau!« rief Nora.

Frau Jackson wandte sich um und erblickte etwas sehr Interessantes. Zwei Männer auf Fahrrädern kamen die Straße heruntergeradelt. Es waren Kellner eines Restaurants, die jemand eine Mahlzeit ins Haus brachten. Sie führten diese mit sich, indem sie die einzelnen Gerichte in aufeinandergetürmten kleinen runden Schüsseln auf ihren Köpfen balancierten, und obgleich jeder von ihnen sechs oder sieben Schüsselchen auf seinem Kopf hatte, radelten sie flott dahin, ohne etwas zu verschütten.

»Sind sie nicht wunderbar?« rief Nora, ihnen nachblickend. Da begann sie plötzlich zu weinen. »Oh, Mammi!«

»Was ist denn?« fragte Frau Jackson, indem sie zu ihr eilte.

»Ich glaube, ich hab' Jane draußen auf der Straße gesehen –«

Frau Jackson drehte sich zum Fischteich um. Jane war weg.

»Du lieber Himmel!« rief sie. »Wo?«

»Dort!« zeigte Nora. »Sie lief um die Ecke dieses Tempels.«

»Ach, du lieber Gott! Ach, du lieber Gott!« stöhnte Frau Jackson. »Was soll ich tun? Ich kann dich hier nicht allein lassen, und doch muß ich sie suchen gehen!«

In diesem Augenblick schritt zufälligerweise ein alter japanischer Herr im Park an ihnen vorüber. Er trug ein sehr schönes schwarzes Oberkleid und darüber einen Haori aus grauem Seidenbrokat; Haroi heißt auf japanisch ein kurzer Überzieher, der gerade bis zu den Knien reicht. Er hatte einen Strohhut auf und trug Brille und einen Stock.

Als er Frau Jacksons verstörtes Gesicht sah,

blieb er stehen. »Gnädige Frau«, sprach er mit freundlicher Stimme und in gutem Englisch, »kann ich Ihnen behilflich sein?«

Frau Jackson war nahe daran, zu weinen. »Ich habe ein so schlimmes Kind«, sagte sie, indem sie sich bemühte, nicht zu schluchzen. »Ich sitze da mit dem einen, das krank ist, und das schlimme zweite läuft fort. Ich kann das eine nicht allein lassen, um das andere zu suchen.«

»Erlauben Sie mir, bei diesem da zu bleiben, während Sie dem anderen nachgehen«, sagte der japanische Herr.

Frau Jackson wußte nicht, was sie tun sollte. Sie kannte den Herrn nicht und ließ Nora nicht gerne allein bei ihm zurück. Der Herr bemerkte ihre Besorgnis und lächelte.

»Haben Sie keine Angst vor mir«, sagte er. »Ich bin selber Halbinvalide. Ich bin gezwungen, jeden Tag eine gewisse Anzahl von Stunden im Freien zu verbringen, und da ich nicht weit gehen kann, komme ich in diesen kleinen Park. Mein Name ist Nishima, Herr Nishima, und ich besitze selber Enkelkinder. Wenn ich könnte, würde ich mich persönlich nach Ihrer kleinen Tochter umsehen, aber leider ist es mir nicht möglich.«

Er hatte ein so gutes Gesicht, braun und runzlig – gute Runzeln waren es, nicht böse –, und er

hatte ein so liebes schneeweißes Bärtchen, daß
Frau Jackson fühlte, daß er gut sein müsse. Da
sagte Nora: »Mammi, ich bleibe sehr gern bei
Herrn Nishima.«

So nahm die arme verstörte Frau Jackson all
ihren Mut zusammen und sagte »Danke viel-
mals!« und wollte gerade aus dem Park eilen, als
Herr Nishima sie zurückhielt und sprach: »Ihr
Kind hat schon einen zu großen Vorsprung, gestatten Sie mir daher, daß ich Ihnen meinen Wagen leihe.«

Auf seinen Ruf kam ein elegant aussehender
kleiner Wagen, der von einem dicken cremefarbenen Pony gezogen und von einem alten Kutscher gelenkt wurde, vor das Gitter angefahren.
Herr Nishima sprach ein paar japanische Worte,
und der Kutscher, der eine rot-blaue Uniform
trug, sagte zwei- oder dreimal »Hasodeska«,
nickte nachdrücklich und öffnete die Wagen-
türe. Frau Jackson sprang hinein, winkte Nora
und Herrn Nishima zu und sauste die Straße
hinunter.

Herr Nishima hatte dem Kutscher aufgetragen, beim Tempel um die Ecke zu biegen und
dann so lange weiterzufahren, bis er ein
schlimm aussehendes kleines amerikanisches
Mädchen erblicke. Der Kutscher hielt sich genau
an das, was ihm gesagt worden war, und bald

sah Frau Jackson weit unten auf der Straße Jane mit ihrer roten Jacke und ihrem Strohmützchen, wie sie Zuckerwerk aß, das ihr jemand gegeben hatte. Die Leute gaben Jane immer etwas; und als Frau Jackson näherkam, erkannte sie, daß diesmal ein Süßwarenhändler, der sein Ladenbrett an einem breiten blauen Baumwollgurt vorne um den Hals gehängt trug, Jane eine Handvoll Gerstenzucker gegeben hatte und ihr lachend beim Essen zusah. Denn diese Art Zuckerzeug ist schrecklich klebrig, wenngleich köstlich.

Als der Kutscher vor Jane vorfuhr, was er mit viel Schmiß und Schwung tat, war Frau Jackson bereits recht böse.

»Jane, du schlimmes Ding, komm sofort zu mir in diesen Wagen!« rief sie. »Und kein Wort der Widerrede!«

Jane schüttelte den Kopf und wies auf ihren Mund. Er war voll Gerstenzucker, und sie hätte sowieso kein Wort reden können. Alle ihre Zähne waren festgekeilt und ihre Kinnbacken zusammengeklebt. Sie stieg in den Wagen und Frau Jackson schalt sie, ohne von ihr unterbrochen zu werden.

»Dafür gibt es keine Entschuldigung mehr«, sagte sie bitterböse. »Ich gehe geradewegs mit dir zum Schiff zurück und sperre dich allein in die Kabine ein. Dort wirst du bleiben, bis wir den Hafen verlassen. Ich werde dich nie und nimmermehr wieder an Land nehmen, bis wir Amerika erreichen, und dort werde ich dir eine Leine anfertigen wie für einen kleinen Hund und werde dich daran herumführen, und wenn mich jemand fragt, warum ich das tue, werde ich ihm die Wahrheit sagen. Ich werde ihm sagen, daß du ungehorsam und schlimm bist und dich jeder Kontrolle entziehst!«

Die arme Jane konnte kein einziges Wort erwidern. Sie konnte nicht erklären, daß sie die Kellner auf ihren Fahrrädern erst bemerkt hatte, als diese fast schon am Park vorbei waren, und daß sie nur ein bißchen hinter ihnen her laufen wollte, bis sie eine gute Sicht auf ihre auf den Köpfen aufgetürmten Schüsseln hätte, und dann wollte sie gleich umkehren, aber da stand der Mann mit dem Zuckerzeug, und sie hatte wirklich ganz bestimmt die Absicht, gleich umzukehren, aber da kam die Mutter plötzlich her, und wem gehörte eigentlich dieser Wagen, und waren das Pony und der komische alte Kutscher nicht fein, und konnten sie nicht alle eine Spazierfahrt machen –

Nichts von alledem konnte sie sagen, weil ihre Kinnbacken zusammengeklebt waren.

Als Frau Jackson endlich Atem schöpfte, waren sie wieder beim Park zurück. Dort erblickte sie zu ihrer Erleichterung Nora und Herrn Nishima, Seite an Seite auf einer Bank sitzend.

Nora lachte über ein Spielzeug, das sie in der Hand hielt: ein zartes Püppchen aus Papier und Stroh, das mit dem Kopf wackeln, seine Zunge herausstrecken und in die Hände klatschen konnte.

»Schau, was Herr Nishima mir gekauft hat!« rief sie mit glücklicher Stimme ihrer Mutter entgegen. Sie hatte ganz vergessen, daß Jane schlimm gewesen war.

»Ein Spielzeughändler ging vorüber«, erklärte Herr Nishima entschuldigend. »Kinder mögen diese Dingerchen so gerne.«

»Danke, Herr Nishima«, sagte Frau Jackson. »Tausend Dank für alles. Ich habe meine schlimme Kleine gefunden. Nun nehme ich sie aufs Schiff und sperre sie in die Kabine ein. Komm, Nora.«

Aber Nora wollte nicht kommen. Sie fühlte sich so glücklich bei Herrn Nishima, der ihr die ganze Zeit, da die Mutter weg war, Geschichten erzählt und ihr außerdem das Strohmännchen gekauft hatte. »Oh, Mammi, laß mich, bitte, hier bei Herrn Nishima sitzen!« schmeichelte sie.

Indessen hatte Herr Nishima Jane ins Auge gefaßt. Sie konnte noch immer nicht sprechen, und dicke Tränen liefen über ihre Wangen herab. Sie wollte doch nicht in die Schiffskabine eingesperrt werden, aber sie konnte kein Wort herausbringen.

Herr Nishima verstand ihre Tränen und verstand, daß sie nicht sprechen konnte. So sprach er für sie. »Gnädige Frau«, sagte er zu Frau Jackson, »ich möchte nicht haben, daß Ihre Mädelchen Japan in unfreundlicher Erinnerung behalten. Bedenken Sie, wie verhängnisvoll es für unser japanisches Volk wäre, wenn diese Kleine da, die nicht sprechen kann, weil ihr Mund voll von Gerstenzucker ist, ihr Leben lang Kobe als einen Ort in Erinnerung hätte, wo sie den ganzen Tag eingesperrt war! Wollen wir vergessen, was geschehen ist. Ich bitte Sie darum, daß Sie mir diesen Tag zum Geschenk machen.«

»Jane war sehr, sehr schlimm«, sagte Frau Jackson fest.

»Ja, ja«, gab Herr Nishima lächelnd zu. »Gewiß. Meine Kinder waren schlimm, und nun sind es meine Enkelkinder. *Sie* waren schlimm und ich war schlimm, als wir noch klein waren.«

Frau Jackson wurde es plötzlich unbehaglich zumute. Es war vollkommen richtig, daß sie sich als kleines Mädel sehr ähnlich wie Jane aufgeführt hatte. Sie war oft davongelaufen und hatte ihre Mutter zur Verzweiflung gebracht. Frau

Jackson hatte all das vergessen, nun aber erinnerte sie sich daran.

»Wenn Sie mir diesen Tag zum Geschenk machen«, sprach Herr Nishima, »werde ich sehr glücklich sein. Ich werde dieses Geschenk annehmen und versuchen, daraus einen glücklichen Tag für Sie und Ihre Töchterchen zu machen, und daher wird er auch für mich glücklich sein. Sie werden mir damit von Ihrer Seite aus eine große Freundlichkeit erweisen, gnädige Frau, denn ich muß den Tag auf jeden Fall außer Haus verbringen, und ich langweile mich oft ein wenig, so ganz allein, seit meine Kinder im Geschäft tätig und meine Enkel alle in der Schule sind.«

Er sagte das so herzlich, daß Frau Jackson nicht nein sagen konnte. Nora sah, wie ihre Augen zu lächeln begannen, und klatschte in die Hände. »Oh, Mammi, bitte!« bettelte sie.

Janes Zuckerzeug schmolz ein bißchen in einem Mundwinkel, und nun war auch sie imstande, ein Wörtchen zu sagen.

»Mammi, ich will – gluck, gluck – brav sein.«

Frau Jackson blickte streng drein. »Kein Wort!« rief sie. Dann wandte sie sich an Herrn Nishima und lächelte – es war ein wirklich liebes Lächeln. »Da Sie es so liebenswürdig vorbringen«, sagte sie, »kann ich nicht nein sagen. Aber ich meine, Sie sind es, der uns das Geschenk macht.«

»Keineswegs«, erwiderte Herr Nishima. Nun, da alles abgemacht war, sah er sehr froh aus. Er schritt rasch zum Gitter und winkte ihnen, in den Wagen zu steigen. Er ließ Frau Jackson und Nora die besseren Sitze einnehmen, und er und Jane saßen auf dem schmalen Bänkchen. Janes Kinnbacken lockerten sich allmählich, und er sah sie an und lachte leise in sich hinein.

Das Pony trottete so munter wie nur je die Straße hinunter, und ab und zu rief ihm der Kutscher zu, wohin es zu gehen habe, nachdem er Herrn Nishima befragt hatte. Zuerst machten sie bei einem großen Markt halt. Dort war im Sonnenschein das prächtigste Gemüse ausgebreitet, das Frau Jackson je gesehen hatte. Da gab es glänzend glatte Kohlköpfe, Spinat, Sellerie und ganze Büschel von Erbsen, rote und gelbe und grüne Bohnen. Da gab es Bohnenquark in allen möglichen Formen, Rindfleisch in roten Scheiben, Bottiche mit Fischen und Berge von Bohnensprossen und Bambusschößlingen; da gab es Obst und Kuchen und Blumen. Die Blumen waren wundervoll, teils Topf-, teils Schnittpflanzen. Blüten von vielerlei Arten waren da zu sehen, weiße Lilien und Schwertlilien, Rosen und Nelken. Sie stiegen aus, wanderten umher und

schauten alles an, während Herr Nishima sorgfältig auswählte, was er kaufen wollte.

Er wies mit seinem Stock auf dieses und jenes,
und als er fertig war, ging er zu Frau Jackson und
überreichte ihr einen wunderschönen duften-
den Strauß gelber und blaßrosa Rosen. Nora
schenkte er ein lustiges Körbchen mit Sesam-
keks, die nach Blumen geformt waren, und Jane
ein in weiches braunes Papier eingeschlagenes
Päckchen mit einem leuchtend roten Schild darauf. Als sie es öffnete, fand sie kleine durchsich-
tige braune Würfel Zuckerwerk darin.

»Mitzuami«, bedeutete ihr Herr Nishima. Es
war die berühmteste japanische Süßigkeit, und
Jane begann sie sofort zu verzehren.

So begann der köstliche Tag. Sie kletterten
wieder alle in den Wagen zurück, das Pony
setzte sich in Trab, und bald waren sie aus der
Stadt draußen und am Land. Wie schön war's
da! Berge stiegen in der Entfernung hoch empor,
und die Straße schlängelte sich zwischen grünen
Feldern dahin, die Gärten glichen. An den Ber-
gen hingen weiße Wolkenbäuschchen, doch die
Felder lagen im prallen Sonnenschein. Jedermann arbeitete draußen im Freien und jedermann war froh, denn am Vortag hatte es gereg-
net und heute war Schönwetter. Kinder liefen in
kleinen geblümten Kimonos herum, die ge-

schürzt waren, damit sie sich nicht schmutzig machten. Sie gingen barfuß und lachten, weil ihnen der Schlamm zwischen den Zehen durchquabbelte.

»Ich möchte auch gern barfuß gehen!« rief Jane.

Der Gerstenzucker war nun ganz zerschmolzen und sie konnte auf einmal wieder sprechen.

»Auf keinen Fall«, entgegnete Frau Jackson mit einem Seitenblick auf Herrn Nishima.

Aber Herr Nishima lächelte. »Warum nicht?« sagte er mild. »Alle meine Enkelkinder gehen gern im Schlamm.« Er sah Frau Jackson an. »Erlauben Sie es mir zuliebe«, bat er.

Da konnte sie nichts mehr dagegen sagen, und Herr Nishima ließ den Kutscher das Pony anhalten und sprach zu Jane: »Du darfst dir deine hübschen Söckchen und Schuhe ausziehen.«

Er wartete würdevoll und freundlich, während Jane ihre Socken und Schuhe ablegte.

»Schürze dein Röckchen«, sagte er dann.

Sie tat es, stieg aus dem Wagen und stapfte in den köstlichen Schlamm hinein, in dem vier kleine japanische Mädel und Buben herumplanschten, und es war einfach herrlich. Frau Jackson fragte sich, ob in diesem Schlamm am Ende Bazillen wären, aber er sah so rein aus, daß sie nicht darüber sprechen wollte, aus Angst, Herrn Nishimas Gefühle zu verletzen.

»Mammi«, rief Nora plötzlich mit einer richtig lauten Stimme, »ich möchte auch im Schlamm waten!«

»Auf keinen Fall«, begann Frau Jackson, aber Herr Nishima unterbrach sie.

»Schlamm ist für Kinder so gesund«, sagte er. »Bitte, gnädige Frau –«

Doch Nora wartete nicht einmal. Schon hatte sie ihre Socken und Schuhe ausgezogen, und bald waren ihre blassen Füßchen und dünnen Beinchen mit dem köstlichen Schlamm bedeckt.

Das ging so eine halbe Stunde weiter und Jane begann ein bißchen wild zu werden. Sie rief: »Machen wir Schlammbälle und werfen wir sie gegeneinander!«

Frau Jackson wollte entsetzt aufschreien, aber Herr Nishima, der inzwischen eingenickt zu sein schien, öffnete plötzlich seine Augen.

»Eine ausgezeichnete Idee«, sagte er fröhlich, »aber leider habe ich euch noch eine Menge zu zeigen. Natürlich könnten wir den ganzen Tag da beim Schlamm bleiben, und wenn euch das glücklich macht, wollen wir es tun. Ich hatte allerdings an den Hirschpark gedacht, wo die Hirsche aus eurer Hand fressen kommen, und ich hatte auch daran gedacht, euch einige Scharlachpapageien zu zeigen und euch in ein Kasperltheater zu führen, wenn es möglich ist.«

»Ich möchte die Papageien sehen!« rief Jane.

»Ich möchte die Hirsche sehen!« rief Nora.

»Zufälligerweise«, sagte Herr Nishima, »ist dort gleich hinter diesem Bambus ein Bächlein mit klarem Wasser. Dort könnt ihr euch waschen. Ich warte hier.«

Nora und Jane gingen über die Straße und fanden hinter einer großen Bambusgruppe ein klares Bächlein, das über runde braune Steine plätscherte. Vor ihnen hatte sich schon jemand anderer eingefunden. Eine junge Frau mit einem hübschen Gesicht badete gerade. Sie stand ganz nackt im Wasser und goß es aus einer Schöpfkelle über sich.

»Mammi«, rief Jane, »da ist ein großes Mädchen, das ein Bad nimmt!«

Nora kam hinter dem Bambus hervor. »Sie hat gar nichts an«, sagte sie zu ihrer Mutter. »Mir ist so komisch zumute. Was sollen wir tun?«

Herr Nishima blickte überrascht drein. »Warum ist dir komisch zumute?« fragte er. »Niemand hat beim Baden etwas an, nicht wahr? Seid nur darauf bedacht, eure Füße weiter unten in der Strömung zu waschen. Das gebietet der Anstand.«

»Aber sie ist doch außer Haus und hat nichts
an«, sagte Nora.

Herr Nishima schien dafür kein Verständnis
zu haben. »Viele Leute baden gern außer Haus«,
erwiderte er. »Das ist in unserm Lande üblich.
Die frische Luft, der Sonnenschein, das kühle
Wasser – all das trägt dazu bei, ein Bad vergnüg-
lich zu machen.«

»Aber wenn jemand vorüberkommt –«,
meinte Nora.

»Niemand schaut dem andern beim Baden
zu«, erwiderte Herr Nishima. »Das gebietet der
Anstand.«

Frau Jackson sagte schnell: »Widersprich
nicht, Nora. Ich bin überrascht über dich. Wasch
deine Füße und beeil dich.«

So wuschen sie ihre Füße, und das hübsche
Mädchen lachte ihnen zu, während sie ihr langes nasses schwarzes Haar um ihr Haupt wand,
und badete weiter, indem sie den feinen weißen
Sand des Bachbetts als Seife verwendete.

»Ich möchte mich auch hier baden!« rief Jane.

Sie lief hinter dem Buschwerk hervor.
»Mammi, darf ich mich auch hier baden, so wie
das hübsche Mädchen?«

»Das wäre lustig«, sagte Herr Nishima, »aber
ich möchte dich an die Hirsche, die Papageien
und das Kasperltheater erinnern. Natürlich,

wenn es euch mehr Vergnügen macht, zu baden —«

»Ich möchte schrecklich gern das Kasperltheater sehen!« rief Jane.

»Und ich möchte die Papageien sehen!« rief Nora.

So verließen sie das hübsche Mädchen, das sich nun am Ufer mit einem geblumten Handtuch trocknete, und sie zogen ihre Schuhe und Söckchen wieder an, stiegen in den Wagen und fuhren weiter, bis sie zu einem großen Park kamen. Rundherum führte eine Mauer, und in dieser war ein Tor mit einem Wächter davor. Herr Nishima sprach mit ihm; dieser verbeugte sich sehr, sehr tief und öffnete das große hölzerne Tor. Sie traten ein, und es war so feierlich, als ob sie in einen Dom schritten. Zu ihren Häupten erhoben sich riesige Kiefern und zu ihren Füßen erstreckte sich leuchtend grünes, tiefes, weiches Moos. Gärtner fegten dieses Moos genau so, als ob es ein Teppich wäre. Sie hatten Bambusbesen und Kehrichtschaufeln, und kein einziger Kiefernzapfen, keine einzige abgefallene Kiefernnadel störte die Glätte des Bodens.

»Noch nie hab' ich einen solchen Ort gesehen«, flüsterte Frau Jackson.

»Das ist einer unserer berühmtesten Moosgärten«, erwiderte Herr Nishima.

»Dürfen wir auf dem Moos gehen?« fragte Jane.

»Bitte nicht«, sagte Herr Nishima. »Haltet euch, bitte, an den Weg. Das gebietet der Anstand.«

Er sagte das ganz freundlich und ruhig, und doch hätte Jane sich nie vorstellen können, daß sie ihm nicht folgen würde. Sie schritten auf den Wegen durch den Moosgarten dahin, bis plötzlich der Wald zu Ende war und sie zu einer anderen Anlage kamen. Auch das Moos hörte auf, und Graswuchs begann; ein Bächlein gab es da und einige seltsam geformte Felsblöcke. Fast gleichzeitig erblickten sie die Hirsche; eine ganze Herde von ihnen kam ihnen durch das Gras entgegengesprungen.

»Vorsicht!« rief Herr Nishima. »Sie werden euch mit zuviel Liebe empfangen – sie werden euch umstoßen.«

Er rief einen Mann, der in einiger Entfernung mit ein paar Körben dastand, und der Mann brachte sie herbei; darin befanden sich Futterpäckchen für das Wild, kleine Kuchen und Bündel trockenen Heus. Herr Nishima kaufte etwas davon für Nora und Jane, aber es war fast schon zu spät. Die Hirsche hatten sie umringt und schnüffelten an Noras Röckchen.

»Sie glauben, daß du Kuchen in deinen Taschen hast«, sagte Herr Nishima.

Sie rieben ihre Schnauzen an Janes Hals und knabberten an ihrem goldenen Haar.

Herr Nishima lachte darüber richtig schallend. »Sie glauben, daß dein Haar Heu ist«, sagte er zu Jane. »Sie sind nur an unser schwarzes Haar gewöhnt und können sich Menschen mit hellem Haar wie deinem gar nicht vorstellen. Die Hirsche sind ja so dumm – sie können nicht in die Schule gehen und lernen, was die Menschenkinder lernen: daß das Haar auf den Menschenköpfen von vielerlei Farbe und doch ein und dasselbe sein kann. Geschwind, füttert sie.«

Nora und Jane rissen die Päckchen auf, und die Hirsche verschlangen die Kuchen und knabberten am Heu und sahen ihre Besucher aus glänzenden gierigen Augen an.

»Warum fürchten sie sich nicht vor uns?« fragte Nora.

»Man ist immer freundlich zu ihnen«, erwiderte Herr Nishima. »Es sind heilige Hirsche; sie sind geschützt. Tiere fürchten sich nicht, wenn sie nur Freundlichkeit kennengelernt haben.«

»Laßt uns hierbleiben!« rief Jane. »Die Hirsche sind so drollig!«

»Wenn es dich glücklich macht, hierzubleiben, wollen wir es tun«, sagte Herr Nishima. »Es gäbe allerdings noch die Papageien und das Kasperltheater.«

»Ich möchte schrecklich gern diese Papageien sehen!« rief Jane.

»Ich muß das Kasperltheater sehen!« rief Nora.

Frau Jackson sprach überhaupt nichts. Sie lächelte nur die ganze Zeit. Es war so schön, das alles zu genießen und sich nicht über Jane ärgern zu müssen. Jane war so beschäftigt und so glücklich, daß sie gar nicht daran dachte, sich der Kontrolle zu entziehen.

Wieder bestiegen sie alle den Wagen, und das Pony spitzte sein Ohr dem Kutscher entgegen, dem Herr Nishima ein paar japanische Worte zugerufen hatte, und sie fuhren dahin. Die Papageien waren nicht weit entfernt, eigentlich ganz nahe in einem anderen Teil des Parkes. Zuerst schien es, als flögen sie alle frei umher, denn es waren keine Käfige zu sehen.

»Wie herrlich!« rief Frau Jackson leise. Es war auch wirklich ein herrlicher Anblick. Die Sonne schien auf die scharlach-, grün- und goldfarbene Vogelschar nieder. Sie plapperten und schnatterten und machten einen ohrenbetäubenden Lärm.

»Wieso fliegen sie nicht fort?« fragte Jane.

Sie mußte laut rufen, damit Herr Nishima sie hörte.

»Es sieht so aus, als könnten sie es tun«, sagte Herr Nishima, indem er sich zu ihrem Ohr herabbeugte. »Aber schau einmal, bitte, genau hin.« Er führte Jane ganz nahe an einen der Papageien heran, der sich ebensowenig fürchtete wie die Hirsche, und Jane sah an seinem Fuß eine feine metallene Kette befestigt, die kaum dicker als ein Faden war.

»Diese Papageien sind so erzogen worden, daß sie nicht wegfliegen«, sagte Herr Nishima. »Trotzdem hat jeder von ihnen, weil sie ja nur Vögel sind und vergessen könnten, was man sie gelehrt hat, eine kleine Kette. Sie dürfen ein ganzes Stückchen, drei oder vier Meter weit, fliegen, dann aber wird die Kette, die irgendwo an einem Zweig dieser Bäume befestigt ist, straff, und das mahnt sie daran, daß sie unter Kontrolle stehen.«

»Unter einer solchen Kontrolle möchte ich auch stehen«, meinte Jane, »und in diesem schönen Park leben.«

Herr Nishima lächelte. »Die Menschen haben eine andere Art Kontrolle«, sagte er.

Jane blickte zu ihm auf. »Auch du?«

Herr Nishima lächelte noch immer, aber etwas traurig. »O ja, auch ich. Ich kann gar nicht das tun, was ich möchte. Ich muß meinem Arzt folgen, wenn ich mich wohl fühlen will. Ich muß den Geboten folgen, die einem guten Vater vorgeschrieben sind, wenn ich haben will, daß meine Kinder mich lieben und achten. Ich muß auch ein guter Großvater sein. Ich habe meine kleinen Ketten zu tragen, nur kannst du sie nicht sehen.«

»Möchtest du sie alle zerbrechen und fortlaufen?« frage Jane flüsternd.

»Nein«, erwiderte Herr Nishima, »ich habe es gelernt, mich selbst unter Kontrolle zu halten, und bin völlig zufrieden dabei.«

Jane wurde feierlich zumute, als er das sagte. Würde sie, wenn sie erwachsen war, so wie Herr Nishima sein? War Mutter so wie Herr Nishima? Heute abend beim Zubettgehen würde sie Mutter fragen: »Wie gewöhnst du dich an deine Ketten?«

»Ich möchte wirklich den ganzen Tag hierbleiben und den Papageien zusehen«, rief Nora. Sie lachte sehr viel und ihre Wangen waren rosiger denn je. Frau Jackson sah sie unverwandt an und lächelte.

»Wenn du hierbleiben willst, so tun wir es«, sagte Herr Nishima, der Jane wieder zu ihnen zurückbrachte. »Aber da wäre allerdings noch das Kasperltheater, und dann muß ich euch

zu eurem Mittagessen aufs Schiff zurückbrin-
gen.«

»Oh, das Kasperltheater!« rief Jane. Sie wollte
das feierliche Gefühl loswerden. Sie wollte den
Papageien wirklich nicht mehr zuschauen.

So stiegen sie wieder in den Wagen, und Herr
Nishima sprach mit dem Kutscher japanisch,
und der Kutscher sprach mit dem Pony japanisch, und dieses trabte wieder durch den Park
weiter, bis sie zu einem mit Sand bestreuten
Platz kamen, wo es eine Menge lachenden Vol-
kes gab. Sie verließen den Wagen, und als die
Leute Herrn Nishima erblickten, wichen sie ein
wenig zurück, indem sie sich verbeugten und
ihn grüßten. Sie schienen ihn alle zu kennen,
und er erwiderte die Grüße und verbeugte sich
ebenfalls, und jedermann war höflich. Die Leute
waren sehr freundlich und bestanden darauf,
daß Nora und Jane ganz nach vorne kamen, wo
sie das Kasperltheater wirklich gut sehen konnten.

Es hatte schon begonnen. Kasperl war ein Japaner, und Frau Kasperl war eine Japanerin,
und sie besaßen einige japanische Kinder. Das
Stück war nicht ganz so wie jene, die Nora und
Jane mehr als einmal in Schanghai gesehen hatten, und es war auch nicht ganz so wie die, die
Frau Jackson zu sehen pflegte, da sie noch als

kleines Mädchen in Amerika lebte, aber es war doch irgendwie dasselbe, und es war sehr komisch. Hier in Japan war Kasperl ein Geselle, der sich gerne betrank und dann umfiel, und Frau Kasperl mußte ihn wieder aufrichten und seinen zerbrochenen Kopf zusammenkleistern. Kasperl versuchte einen Berg zu erklimmen, und seine Kinder schoben ihn hinauf und er fiel wieder herunter. Kasperl versuchte immer wieder Dinge zu tun, die er nicht zustande brachte, und er war ein großer Schwätzer, der vor der sanften, schwachen, kleinen Frau Kasperl und den folgsamen Kindern großtat. Nora und Jane standen mitten unter den japanischen Kindern und lachten ebensoviel als diese, und als die japanischen Kinder sie lachen sahen, lachten sie noch mehr. Als der Schausteller hörte, daß Herr Nishima einige ausländische Gäste mitgebracht habe, überbot er sich in seinen Späßen, und Herr Nishima rief immer wieder etwas Ähnliches wie »hah!«; das bedeutete ›gut – bravo – ausgezeichnet!‹

Noch ehe sie es bemerkten, stand die Sonne zu ihren Häupten, und Herr Nishima blickte auf seine Uhr und sprach zu Frau Jackson:

»Gnädige Frau, es tut mir leid, es zu sagen, aber ich vermute, daß die Kinder hungrig sind.«

»Kommt, Nora und Jane«, rief Frau Jackson. »Wir müssen zurück aufs Schiff.«

Dagegen war nichts zu sagen. Sie waren sehr hungrig, und so stiegen sie wieder in den Wagen, und diesmal hatte es das Pony sehr eilig, zu seiner eigenen Krippe nach Hause zu kommen. Allzubald hob sich das große weiße Schiff aus dem Hafen empor, und sie standen auf der Laufplanke. Frau Jackson war Herrn Nishima so dankbar, daß sie stehenblieb und sagte: »Kommen Sie doch, bitte, und essen Sie mit uns auf dem Schiff! Sie sind so gut zu uns gewesen!«

Herr Nishima verneigte sich. »Vielen Dank, gnädige Frau«, erwiderte er. »Aber ich glaube, die Passagiere würden mich nicht willkommen heißen. Außerdem bin ich kränklich. Ich esse nur Krankenkost. Danke – danke –«

»Werde ich dich denn nie mehr wiedersehen?« rief Jane. Sie ergriff Herrn Nishimas Rechte mit beiden Händen, und er blickte erfreut drein. »Ich glaube, gnädige Frau«, sagte er dann zu Frau Jackson, »daß Sie mir den ganzen Tag zum Geschenk machten?«

»Oh«, protestierte Frau Jackson, die sich Janes sehr schämte. »Sie haben schon zuviel für uns getan!«

Herr Nishima verneigte sich. »Ich möchte gerne den ganzen Tag in Anspruch nehmen«, sagte er. »Ich werde daher, gnädige Frau, um zwei Uhr wieder hier sein. Heute nachmittag wollen wir etwas ganz anderes unternehmen.«

»Wie können wir Ihnen danken?« fragte Frau Jackson.

»Sie, gnädige Frau, indem Sie mir gestatten, den ganzen Tag als Geschenk anzunehmen«, sagte er, »und ihr beide«, wandte er sich an Nora und Jane, »indem ihr eine recht ausgiebige Mahlzeit eßt.«

Er lächelte, verneigte sich nochmals, stieg in den wartenden Wagen und fuhr davon.

»Oh, Mammi«, rief Nora, »ist er nicht wundervoll!« »Oh, Mammi«, rief Jane, »er ist der netteste Mann!«

»Ich kann es nicht verstehen«, sagte Frau Jackson. »Er ist uns doch vollkommen fremd! Aber wir wollen uns beeilen und den Rest des Tages genießen.«

Beim Mittagsmahl gab's diesmal keine Schwierigkeiten. Nora, die sonst nur in ihrem Essen herumstocherte, und Jane, die manchmal schmollte, weil sie Gemüse nicht gerne mochte, vergaßen alles angesichts solcher Erlebnisse. Sie aßen ganze Teller voll, und Frau Jackson sagte kein Wörtchen, sie hielt nur ihren Atem an, bis sie den letzten Bissen unten hatten. Auch sie aß reichlich.

Als sie vom Mittagstisch aufstanden, hatten sie gerade noch Zeit, ihre Hüte zu holen und auf den Landungsplatz hinauszueilen. Da stand auch schon Herr Nishima mit seinem Strohhut, einen Fächer zwischen die Sonne und seine Augen haltend. Als er sie erblickte, lächelte er und reichte jedem von ihnen ein kleines Geschenk. Frau Jackson gab er ein gesticktes Taschentuch, Nora einen kleinen schmalen silbernen Armreifen und Jane eine japanische Puppe.

»Herr Nishima, das sollen Sie doch nicht tun!« rief Frau Jackson aus.

»Bitte«, sagte Herr Nishima, »das ist *mein* Tag. Sie haben ihn mir zum Geschenk gemacht.«

Er winkte wieder dem Wagen, und sie stiegen alle ein. Das Pony sah so rund und dick aus, als hätte es ausgiebigst gefuttert, und der Kutscher blickte schläfrig drein. Nur Herr Nishima sah ganz wach aus.

»Ich bringe Sie an einen Strand«, sagte er, sobald sich das Pony auf den Weg gemacht hatte. »Oberhalb der Stadt gibt es einen sehr hübschen Strand. Der Nachmittag ist so heiß, daß ich dachte, die Kinder würden es genießen, im Freien zu sein. Wir werden ein kleines Picknick halten, wenn sie hungrig sind. Ich will dazusehen, daß Sie vor sechs Uhr auf Ihrem Schiff sind.«

Sobald er das Wort ›Strand‹ ausgesprochen hatte, stießen Nora und Jane einen Freudenschrei aus. In China waren sie nie an einen Strand gegangen. Bei Schanghai gab es keinen, und das Flußwasser war zu schmutzig, als daß man hätte darin baden können. Sie konnten aus diesem Grunde auch nicht schwimmen. Aber ihr ganzes Leben lang hatten sie sich schon gewünscht, ans Meer zu kommen, und nie war es möglich gewesen.

»Oh, Herr Nishima«, rief Jane, »woher wußtest du –?«

»Ein bißchen Freiheit«, sagte Herr Nishima, »ganz speziell für dich!«

Sie fuhren durch den linden, strahlenden Nachmittag dahin. Nora schlief, und sogar Jane verhielt sich ruhig. Sie lehnte ihren Kopf an Herrn Nishimas seidenen Haori und wünschte sich, daß dieser glückliche Tag nie ein Ende nähme. Sich vorzustellen, daß sie gestern noch nicht wußte, daß es einen solchen Menschen wie Herrn Nishima gab!

Endlich kamen sie zum Strand. Er war wirklich wundervoll. Der Sand war weiß und sauber, und Kiefern erhoben sich an seinem Rand. Es gab nur ein paar Felsen, gerade genug, um ein bißchen klettern zu können, und die Wellen waren nur ein leichtes Wassergekräusel. Sogar die

See war schläfrig an diesem sonnigen Nachmittag.

»Ist das der Strand?« rief Jane. »Schnell – schnell!«

Nora erwachte, und noch war der Wagen nicht richtig zum Stehen gekommen, da waren die beiden Mädel schon drunten auf dem Sand.

»Wartet!« rief Herr Nishima. »Ich habe eine Badehütte für euch bestellt, und habe Badeanzüge gemietet. Wir wollen alle zusammen ins Wasser gehen.«

Die Kinder und Herr Nishima blieben stehen. Nun sie in der Nähe des Strandes waren, sahen sie, daß er, obwohl er leer erschienen war, in Wirklichkeit von Leuten wimmelte. Hunderte von Menschen waren da, das Wasser war voll von ihnen, von Vätern, Müttern und Kindern. Es hatte den Anschein, als ob jedermann in der Stadt den Beschluß gefaßt hätte, an diesem Nachmittag baden zu gehen.

Herr Nishima sah die Menge und war bestürzt. »Ich hatte keine Ahnung, daß so viele Leute hier sein würden«, sagte er. »Heute ist kein Feiertag, und ich dachte, daß nur ein paar Menschen, so wie wir, herkommen würden. Ich glaube, es ist besser, wenn ich nicht ins Wasser gehe. Ich bleibe lieber am Ufer und bewache Ihre Sachen. Ihre Tasche, zum Beispiel – vermutlich haben Sie Ihr ganzes Geld und Ihre Papiere darin?«

Frau Jackson war plötzlich erschrocken. Kein einziger Amerikaner war zu sehen. Alle Leute hier waren Japaner. Vielleicht war es sehr dumm von ihr gewesen, sich so weit vom Schiff zu entfernen – war sie doch eine alleinstehende Frau mit zwei Kindern unter lauter Fremden. Ja, auch Herr Nishima war eigentlich nur ein Fremder! Und auch er war Japaner. Sie hatte ihn vor heute morgen noch nie gesehen, und sie hatte viele böse Dinge über die Japaner sprechen hören. Vielleicht war Herr Nishima ein böser Mann. Vielleicht hatte er sie absichtlich an diesen entlegenen Strand herausgebracht. Vielleicht wollte er ihre Tasche nur deswegen halten, um sie stehlen zu können.

All diese schwarzen Gedanken wirbelten plötzlich um die Wette in ihrem Kopf, und sie wußte nicht, was sie tun sollte. Sie wünschte, sie könnte Nora und Jane packen und mit ihnen davonlaufen. Aber das konnte sie nicht, denn das Schiff war zu weit weg. Ihr wurde ganz schwach zumute, so erschrocken war sie. Und dabei konnte sie nicht ein Wörtchen von alledem sagen, denn Herr Nishima stand knapp vor ihr und sah sie an – auf eine recht merkwürdige Art, dachte sie.

›Ich muß tapfer sein‹, sagte sie zu sich. ›Ich darf die Kinder nicht merken lassen, daß ich mich fürchte.‹

Die Kinder zogen sie an den Händen. »Mammi, verschwende nicht soviel Zeit«, rief Nora.

»Herr Nishima, sag Mammi, sie soll sich beeilen!« rief Jane.

»Folgen Sie mir, bitte«, sagte Herr Nishima.

Frau Jackson konnte nichts anderes tun als ihm folgen, Nora und Jane hängten sich an ihre Hände. Herr Nishima führte sie zum Strandhaus, und ein Wärter trat näher und verbeugte sich.

»Ihre Badehütte steht bereit«, sagte Herr Nishima. »Ich warte hier.«

Frau Jackson folgte dem Wärter, und Nora und Jane tanzten dahin. Im nächsten Augenblick wurden sie in einen kleinen sauberen Raum geführt, in dessen einer Ecke sich eine Dusche befand; außerdem gab es eine Menge Haken und zwei Sessel. Auf dem einen lagen die Badeanzüge und -mäntel zusammengefaltet, auf dem anderen einige geblumte Handtücher.

Der Mann verneigte sich, ging und schloß die Türe hinter sich. Frau Jackson wußte nicht, was sie tun sollte. Sie könnte ihre Tasche ja hier im Sand der Badehütte vergraben, aber was würde sich Herr Nishima denken? Wie sollte sie ihm ins Auge blicken? Es gab keine andere Möglichkeit, als so zu tun, als ob alles in Ordnung sei, entschied sie, und ganz bestimmt würde sie den Kindern nichts sagen. Sie wollte ihnen ihren Spaß lassen und mit ihnen ins Wasser gehen, weil sie nicht schwimmen konnten.

Nora fühlte sich so wohl, daß sie fast so schlimm war wie Jane. Sie wollte nicht stillstehen, während ihr die Mutter den Badeanzug festband, und sie weigerte sich, Sandalen anzulegen. Sie wollte barfuß laufen.

Frau Jackson war sehr überrascht. »Aber, Nora«, sagte sie. »Ich hab' dich noch nie so schlimm gesehen.«

»Ich fühl' mich so wohl«, erwiderte Nora. »Ich fühl' mich wundervoll! Oh, wie lieb hab' ich Herrn Nishima, daß er uns an einen Strand gebracht hat!«

Was Jane betraf, so war diese richtig schlimm. Während ihre Mutter mit Nora beschäftigt war, legte sie still und schnell ihren Badeanzug an, und als Frau Jackson aufblickte, war sie weg.

»Oh, du lieber Himmel!« rief Frau Jackson. »Was soll ich jetzt tun? Am besten ist's, ich schlüpfe sofort in meinen eigenen Badeanzug, denn ich bin sicher, daß ich Jane ins Wasser nachlaufen muß!«

Sie beeilte sich, sosehr sie konnte, und erlaubte Nora nicht, wegzugehen, denn wenn Nora sich so wohl fühlte, könnte sie am Ende so schlimm wie Jane sein. Sie nahm Nora bei der Hand, lief aus der Hütte und begann »Jane! Jane!« zu rufen.

Jedermann hörte sie und alle deuteten auf einen großen flachen Felsen. Dort saß Herr Nishima und hielt Janes Knöchel mit seinem Daumen und seinem Zeigefinger umspannt. Frau Jackson eilte zu ihm. Jane und Herr Nishima lachten beide. »Das ist die kleine Kette«, sagte er zu Frau Jackson, indem er die Finger hob.

»Oh, Jane, du schlimmes –«, begann Frau Jackson, aber Herr Nishima unterbrach sie.

»Nicht schlimm, nur jung«, sagte er. »Wir müssen die Ketten nur leicht anlegen, gnädige Frau, ganz leicht, kleine Spielzeugketten vorerst, nicht richtige. Die schweren kommen allzubald von selber.«

Frau Jackson wollte gerade antworten, als sie Herr Nishima nochmals unterbrach.

»Wo ist Ihre Tasche mit dem Geld und den Papieren?« fragte er ziemlich scharf.

Der ganze Schrecken von früher kam wieder über Frau Jackson. Er wollte ihre Tasche haben!

»Ich habe sie vergessen«, stammelte sie. »Sie ist in der Badehütte.«

Herr Nishima sah entsetzt drein. »Ich gehe sie holen«, sagte er mit Bestimmtheit und erhob sich vom Felsen.

»O nein«, rief Frau Jackson. »Ich gehe sie selbst holen!«

Herr Nishima hielt sie mit einer Bewegung seines Fächers zurück. »*Ich* hole die Tasche, gnädige Frau«, wiederholte er. »Geben Sie, bitte, auf die Kinder acht. Sie sind bereits im Wasser.«

Das war nur zu wahr. Nora und Jane liefen durch das blaue Wasser dahin, und jedermann sah ihnen nach und lachte ihnen zu. Die meisten Japaner hatten noch nie amerikanische Kinder gesehen, und sicherlich hatten sie diese noch nie an diesem Strand gesehen. Für sie war es ein merkwürdiger Anblick, und sie genossen ihn. Sie schwatzten und plauderten, und Frau Jackson konnte kein Wort von dem verstehen, was sie sagten.

»Nora!« rief sie. »Jane! Bleibt dort stehen, wo ihr seid!«

Sie konnten sie nicht hören. Sie waren närrisch vor Freude. Das Wasser war warm und der Sand unter ihren Füßen war weich, und sie liefen den sich kräuselnden Wellen nach, und Frau Jackson lief wieder ihnen nach.

Plötzlich hörten die Leute zu lachen auf und

begannen etwas auf japanisch zu rufen, was Frau Jackson nicht verstehen konnte.

»Nora, du bist so schlimm wie Jane!« schrie sie. Aber Nora hörte sie nicht. Beide liefen weiter.

Herr Nishima, der gerade mit der Tasche in der Hand zurückgekommen war, sah, was vorging. Er sprach ein paar japanische Worte zu einem Strandwächter, der am Ufer stand, und dieser lief schnell ins Wasser und, weit ausholend, schwamm er im Bogen auf Nora und Jane zu und hielt sie auf, bevor sie den langen seichten Strand unter den Füßen verlieren konnten.

Ja, der Strand, der so sicher aussah, war in Wirklichkeit gefährlich, und sie wußten es nicht, aber Herr Nishima wußte es. Der weiche weiße Sandgrund neigte sich nur eine Strecke lang sanft abwärts, und dann war plötzlich unter dem Wasser eine Klippe, die etwa dreißig Meter tief in die eisige See abfiel.

Hier hielt sie der Wächter zurück. Er konnte nicht Englisch sprechen, aber er stand gerade am Rand der Klippe, das Wasser reichte ihm bis zu den Schultern, und bedeutete ihnen, zurückzugehen. Sein Gesicht war eckig und energisch und sein Mund streng, und Nora und Jane wagten nicht, ihm ungehorsam zu sein. Sie standen ein bißchen von ihm entfernt, und da bekam Frau Jackson sie zu fassen.

Sie war ganz blaß vor Schrecken. »Kommt her, ihr beiden unartigen Kinder!« sagte sie. »Kommt sofort aus dem Wasser heraus!«

Sie erblickte die jähe Klippe am Rande des Tiefwassers, wo sich die Brandung brach. Sie packte Nora und Jane bei der Hand und begann sie, dem Weinen nahe, zum Ufer zurückzuziehen.

»Ich weiß schon nicht mehr, was ich mit euch tun soll!« schluchzte sie. »Ich weiß es wirklich nicht! Ihr hättet ertrinken können!«

Die Leute rundherum blickten sehr ernst drein, und der Strandwächter erzählte ihnen vermutlich, wie schlimm ihre Kinder seien, und sie schämte sich ihrer. Keines der kleinen Japanerkinder war seinen Eltern davongelaufen, nur ihre beiden schlimmen Kleinen. Endlich war sie am Ufer, und da wartete Herr Nishima auf sie, ihre Tasche unter dem Arm. Auch sein Gesicht war ernst und er fächelte sich sehr heftig.

»Bitte, fahren Sie uns zum Schiff zurück, Herr Nishima«, sagte Frau Jackson. »Ich schäme mich so sehr meiner Kinder. Ich möchte sie von hier wegbringen und verstecken.«

Nora und Jane sprachen kein Wort. Sie waren

wirklich erschrocken darüber, was ihnen hätte
zustoßen können, und Nora schämte sich zum
erstenmal in ihrem Leben. Sie war immer so
brav gewesen, und nun konnte sie sich selbst
überzeugen, daß sie genau so schlimm wie Jane
war, wenn sie sich wohl fühlte. Sie würde nie
mehr Jane tadeln können, denn Jane fühlte sich
ja immer wohl.

»Der ganze Tag ist verdorben«, sagte Frau
Jackson. »Es tut mir so leid!«

Frau Jackson schämte sich auch ihrer schwarzen Gedanken über Herrn Nishima, der doch
die ganze Zeit nur an ihr Wohlergehen gedacht
hatte. Er hielt die Tasche fest unter seinem Arm,
und sie streckte ihre Hand danach aus. »Es tut
mir so leid!« wiederholte sie, aber sie konnte ihm
nicht sagen, weswegen, da hätte sie sich zu sehr
schämen müssen.

Herr Nishima wischte sich die Stirn mit seinem Taschentuch ab. Dann lächelte er, noch immer die Tasche haltend.

»Sie sind zu streng mit Ihren Kindern, gnädige Frau«, sagte er. »Sie vergessen, daß die
Kette jetzt noch nicht schwer sein darf. Heute
haben wir sie schon ein bißchen schwerer gemacht. Aber den Nachmittag abbrechen – das
würde sie zu schwer machen.« Er wandte sich
an Nora und Jane. »Ich weiß es ganz sicher, Kin-

der, daß ihr nun bei eurer Mutter nahe dem Ufer bleiben werdet.«

»Das wollen wir«, versprach Nora.

»Oh, das wollen wir – bestimmt«, rief Jane. »Wir wußten nicht –«

»Sehen Sie, gnädige Frau, sie wußten es nicht«, sprach Herr Nishima zu Frau Jackson. »Nun werden sie es nie wieder vergessen. Wenn sie Ihnen wieder einmal fortlaufen wollen, werden sie sich erinnern, daß vielleicht vor ihnen eine jähe Klippe und tiefes, dunkles Wasser sich auftun könnten, und sie werden auf Sie hören. Werdet ihr euch erinnern, Kinder?«

»Ja, das werden wir«, sagte Nora. Sie verstand nur ein bißchen von dem, was Herr Nishima sagte. Er meinte nicht nur das tiefe, dunkle Wasser, das wußte sie.

»Dann lauft und spielt wieder in der See, aber im sicheren, seichten Wasser«, sagte Herr Nishima. »Lauft und seid froh.« Er setzte sich wieder auf den Felsen nieder, und als er Frau Jacksons Zögern sah, die etwas sagen wollte, aber doch nicht genau wußte, was, sprach er, indem er sich fächelte: »Natürlich werden sie sich nicht immer erinnern, gnädige Frau. Darauf sind Sie doch gefaßt, nicht wahr? Aber sie werden sich wenigstens manchmal erinnern, anstatt nie.«

»Ja«, erwiderte sie.

»Dann, gnädige Frau, gehen auch Sie und seien Sie froh«, sagte Herr Nishima. »Ich bleibe hier sitzen und gebe auf Ihre Tasche acht.«

Sie blickte sich um und sah Nora und Jane mit den japanischen Kindern im seichten Wasser, in den krausen Wellchen spielen. Sie ließ sie allein und ging weiter, aber nicht zum tiefen, dunklen Wasser, das auch für sie gefährlich war. Sie schwamm im freundlichen, seichten Teil, in dem sich die anderen Eltern aufhielten. Sie freute sich des warmen Salzwassers und der noch wärmeren Luft und des Sonnenscheins. Aber die ganze Zeit machte sie sich Gedanken, so wie sich Eltern eben Gedanken machen, wenn sie etwas über ihre Kinder erfahren haben, was sie vorher noch nicht wußten. Und sie sagte sich immer wieder: »Ich darf wirklich nicht mehr so streng mit ihnen sein.«

Als die Sonne am Himmel abwärts zu gleiten begann, wußte sie, daß es Zeit zum Aufbruch war, und so verließ sie das Wasser, und da sahen sie Nora und Jane und kamen auch herbei, als hätte sie sie gerufen, was sie aber gar nicht getan hatte. Herr Nishima saß noch immer auf dem Felsen; er sah ein bißchen müde aus, aber er lächelte tapfer. Er hielt nach wie vor Frau Jacksons Tasche unterm Arm.

»Wir haben gerade noch Zeit, zum Schiff zurückzukehren«, sagte er, »und wir können unser Picknick im Wagen verzehren. Ich wollte Sie nicht aus dem Wasser rufen. Sie schienen mir so froh zu sein.«

Sie gingen zur Badehütte und ließen Herrn Nishima zurück, der noch immer die Tasche hielt. Sie kleideten sich an und kamen wieder zu Herrn Nishima heraus, der auf sie wartete. Er übergab Frau Jackson die Tasche.

»Haben wir alles?« fragte er.

»Alles«, erwiderte Nora.

»Und noch ein paar hübsche Kiesel und die Muscheln dazu«, rief Jane.

»Und noch etwas, das ich nie vergessen werde«, sagte Frau Jackson.

Herr Nishima lächelte, als hätte er sie verstanden, und sie stiegen alle in den Wagen. Als sie sich in die Kissen zurücklehnten und ihre Muskel vom Salzwasser angenehm ermüdet fühlten, öffnete er einen Weidenkorb und zog einen kleinen Klapptisch heraus, den er zwischen den Sitzbänken aufstellte. Er sprach mit dem Kutscher japanisch, der wiederum mit dem Pony japanisch sprach, und das Pony tat ihnen den Gefallen und verlangsamte seinen Trott, so daß sie etwas klaren heißen Tee trinken konnten, den ihnen Herr Nishima aus einer Thermosflasche in kleine Becher goß. Den ersten überreichte er

Frau Jackson, den zweiten Nora und den dritten
Jane. Einen schenkte er noch dem Kutscher ein,
und dann erst sich selbst. »Das Pony kann warten«, meinte er scherzend.

Dann öffnete er drei Holzkästchen. In dem ersten waren dünne Schinkenbrötchen aus japani-
schem Brot; im zweiten kleine Biskuitkuchen
und im dritten frisches Obst.

»Ich bin schon wieder hungrig!« rief Jane.

»Ich habe noch nie so viel gegessen!« rief
Nora.

»Das kommt daher, weil ihr glücklich seid«,
sagte Herr Nishima. »Nur glückliche Menschen
essen gerne die Nahrung, die ihnen zuträglich
ist. Unglückliche Menschen essen und trinken
manchmal wie die Narren, aber sie mögen nicht
die Nahrung, die ihnen zuträglich ist.«

»Ich muß wohl auch glücklich sein«, sagte
Frau Jackson. »Ich bin sehr hungrig!«

Allzubald ging die Fahrt zu Ende. Sie verzehr-
ten alles – sogar der Tee wurde ausgetrunken –
bis auf drei kleine Kuchen, die Herr Nishima als
Wegzehrung für Jane in ein Päckchen tat. Da
war nun wieder das Schiff, und die Matrosen eil-
ten geschäftig hin und her, um es fahrbereit zu
machen, und die Passagiere stiegen die Laufplanke empor. Sie nahmen vom Kutscher und
vom Pony Abschied, und Herr Nishima blickte

zur Seite, als Frau Jackson dem Kutscher ein kleines Geldgeschenk gab, und Jane steckte dem Pony einen Kuchen zu, den es mit einem einzigen Schluck herunterschlang.

»Das war *mein* Kuchen, Pony«, flüsterte sie ihm ins Ohr, »aber ich bin froh, daß du ihn bekommen hast!«

Herr Nishima ging mit ihnen bis zur Laufplanke, und hier zog er drei schmale Schachteln aus seinem Oberkleid.

»Ein kleines Abschiedsgeschenk«, sagte er.

Sie öffneten die Schachteln, und darinnen lagen drei wunderschöne zusammengefaltete Seidenfächer, die sehr dünn und zart und, jeder anders, mit Blüten und Landschaftsbildern bemalt waren.

»Oh, Herr Nishima, das sollen Sie doch nicht tun!« rief Frau Jackson aus.

»Sie haben mir ein wunderbares Geschenk gemacht«, sagte Herr Nishima, indem er ihnen allen zulächelte. »Sie haben mir einen glücklichen Tag geschenkt.«

Die Sirene ertönte, und sie mußten an Bord eilen, und fast gleichzeitig begann das Schiff abzufahren. Sie standen an der Reling und winkten Herrn Nishima so lange zu, als sie ihn sehen konnten, und er winkte ihnen mit seinem Hut und seinem Fächer zurück. Schließlich konnten sie ihn nicht mehr erkennen, und Jane seufzte tief auf.

»Wenn ich groß bin«, sagte sie, »werde ich einmal zurückkommen und Herrn Nishima einen Besuch machen.«

»Ich werde Japan immer gern haben«, sprach Nora träumerisch und starrte auf die nebelverhangenen Berge. »Ich werde alle Japaner gern haben, wegen Herrn Nishima.«

»Und ich«, sagte Frau Jackson, »ich will ihm einen langen Brief schreiben, um ihm zu danken und ihm zu sagen –«

Sie hielt inne. Ihr Gesicht nahm einen verstörten Ausdruck an. »Nora!« stieß sie hervor. »Jane! Wir sind wirklich abscheulich!«

»Wieso, Mammi?« fragte Nora.

»Was ist los, Mammi?« fragte Jane.

Frau Jackson starrte ihre Kinder an. »Wir haben ihn nicht gefragt, wo er wohnt!« rief sie. »Wir besitzen nicht seine Adresse! Er hat uns nichts als seinen bloßen Namen gesagt – Herr Nishima, aber was für ein Nishima? Hunderte und Tausende von Nishimas gibt es in Japan, und er ist nur einer von den vielen. Wir werden ihn nie mehr wiederfinden.«

Es war fürchterlich, aber wahr. Sie waren so glücklich gewesen, daß sie vergessen hatten, sich zu erkundigen, wer Herr Nishima wirklich war. Frau Jackson bemühte sich, einen Weg ausfindig zu machen, auf dem sie ihn erreichen konnte. Aber wie sollte es denn möglich sein, einen Brief zu schreiben, den man ›An Herrn Nishima mit dem cremefarbenen Pony, Kobe‹ oder ›An Herrn Nishima, der im kleinen Park spazierengeht, Kobe‹ adressierte? Natürlich konnte man das nicht. Er war für sie verloren.

Jane konnte kaum die Tränen zurückhalten. »Er ist nicht für uns verloren«, sagte sie immer wieder.

»Wir werden ihn nie vergessen, und so kann er nicht für uns verloren sein«, erklärte Nora.

»Ja«, sagte Frau Jackson traurig, »so müssen wir seiner gedenken. Ich werde ihn nie vergessen, das weiß ich. Ich werde über alles nachdenken, was er mir gesagt hat.«

»Ich auch«, meinte Jane, »besonders über das mit der kleinen Kette – wenn ich auch nicht weiß, was es bedeutet; aber ich weiß, *daß* es etwas bedeutet.«

»Ich will nur Herrn Nishima nie vergessen«, sagte Nora einfach.

Und das taten sie auch nicht, weder Frau Jackson noch Nora noch Jane, obwohl Nora nun schon erwachsen und gesund und kräftig ist und in Frau Jacksons hübschem braunem Haar

schon eine ganze Menge Grau erscheint. Und
Jane versteht nun viel, viel mehr von der kleinen
Kette.

Und Herr Nishima? Den haben sie, obwohl er
nie für sie verloren war, weil sie ihn nie vergaßen, nicht wiedergefunden. Sie waren nie imstande, ihm zu danken oder ihm einen Brief zu
schreiben, da sie nicht wissen, wo er ist. Aber
wenn er, nun ein sehr alter Herr, noch am Leben
ist, wenn er noch irgendwo in Kobe wohnt, wird
er vielleicht dieses Büchlein lesen, und es wird
in seiner Art ebensogut sein wie ein Brief. Es
wird ihm sagen, daß drei Amerikanerinnen nie
den glücklichen Tag vergessen haben, den Tag,
den sie Herrn Nishima aus Japan schenkten,
und den er ihnen in so überreichem Maße wie-
dergeschenkt hat.

DER GROSSE LIEBESROMAN

Diese Heyne-Taschenbuchreihe stellt dem deutschsprachigen Leser einen Romantyp vor, der zur Zeit in Amerika Riesenauflagen erreicht: den großen Liebesroman voll Abenteuer und Leidenschaft aus Historie und Gegenwart, der in seinem neuartigen Stil eine spannungsgeladene Faszination ausstrahlt. – Jeden Monat erscheint ein neuer Band.

Delphine Marlowe
Der Liebeszauber der schwarzen Sklavin
28/39 - DM 6,80

Petra Leigh
Qualen des Herzens
28/40 - DM 5,80

Patricia Matthews
Leidenschaft im Goldrausch
28/41 - DM 5,80

Aaron Fletcher
Der Graf und die Zigeunerin
28/42 - DM 5,80

Eric Weber
Die Melodie von Liebe und Lust
28/43 - DM 6,80

Johanna Lindsey
Wildes Liebesglück
28/44 - DM 6,80

Constance Gluyas
Im Netz von Liebe und Schuld
28/45 - DM 6,80

Patricia Matthews
Des Herzens schrankenlose Sehnsucht
28/46 - DM 5,80

Ruth Lyons
Leidenschaft ist nicht genug
28/47 - DM 5,80

Annabel Erwin
Ein Leben für die Liebe
28/48 - DM 6,80

Patricia Philips
Flammen im Herzen
28/49 - DM 5,80

Antoinette Beaudry
Lodernde Sehnsucht im Herzen
28/50 - DM 6,80

Barbara Faith
Arena der Leidenschaft
28/51 - DM 6,80

Patricia Matthews
Glücksritter der Liebe
28/52 - DM 6,80

Johanna Lindsey
Auf den Wogen der Leidenschaft
28/53 - DM 6,80

Olivia O'Neill
Das Leben, die Liebe und die Macht
28/54 - DM 6,80

Patricia Campbell-Horton
Von Sünde umgeben
28/55 - DM 6,80

Marcia Rose
In den Fesseln der Liebe
28/56 - DM 6,80

Virginia L. Hart
Zärtlich wie die Wildrose
28/57 - DM 6,80

Patricia Matthews
Flammen im Blut
28/58 - DM 6,80

Johanna Lindsey
Paradies der Leidenschaft
28/59 - DM 6,80
(Februar '83)

Katherine Kent
Träume der Liebe
28/60 - DM 6,80
(März '83)

Priscilla Hamilton
Das Liebespfand
28/61 - DM 6,80
(April '83)

Preisänderungen vorbehalten.

Wilhelm Heyne Verlag München